U0734107

新课标无障碍经典阅读

莫泊桑短篇小说

[法]莫泊桑◎著 于致远◎编译

北方妇女儿童出版社
长 春

图书在版编目(CIP)数据

莫泊桑短篇小说 / (法) 莫泊桑著 ; 于致远编译 -- 长春 : 北方妇女儿童出版社, 2017.2
(新课标无障碍经典阅读)
ISBN 978-7-5585-0319-1

Ⅰ. ①莫… Ⅱ. ①莫… ②于… Ⅲ. ①短篇小说-小说集-法国-近代 Ⅳ. ①I565.44

中国版本图书馆 CIP 数据核字(2016)第 212594 号

莫泊桑短篇小说
MOBOSANG DUANPIAN XIAOSHUO

出 版 人 刘 刚
出版统筹 师晓晖
总 策 划 魏广振
责任编辑 左振鑫
装帧设计 孙鸣远

排　　版 文贤阁
开　　本 950mm×1380mm　1/16
字　　数 230 千字
印　　张 13

版　　次 2017 年 2 月第 1 版
印　　次 2017 年 2 月第 1 次印刷
出　　版 北方妇女儿童出版社
发　　行 北方妇女儿童出版社
地　　址 长春市人民大街 4646 号　邮编　130021
电　　话 总编办 0431-85644803　　发行科 0431-85640624
印　　刷 北京中创彩色印刷有限公司

定　　价 29.00 元

名人推荐

纪连海 著名学者，中学高级教师，北京市骨干教师，曾被评为“首都十大教育人物”。现任教于北京师范大学第二附属中学。北京电视台文艺频道著名栏目《星夜故事》特邀主持人。曾先后在中央电视台《百家讲坛》栏目主讲《正说和珅》等56讲，在上海电视台《文化中国》栏目主讲《〈孝庄秘史〉大揭秘》等105讲，每一次开讲都引起极大关注。先后出版过多部历史著作。

推荐寄语：

好书必然是能启迪人性和给人以精神滋养的。因此，我特别关注每一本名著中所传递的宝贵人生经验和成长智慧。希望本书能成为同学们喜爱阅读、乐于接受、可资引用的课外读物，能够给同学们带去知识和智慧，成为同学们的良师益友。

新课标无障碍经典阅读专家团队

翟民安 学者，教授，汉语言文学家。北京大学、北京师范大学教授，中国现代语言学奠基人王力得意弟子。

洪烛 作家，中国作家协会会员，中国文联出版社文学编辑室主任，获“冰心散文奖”等各类大奖。

苏伟 作家，评论家，中国人民大学现当代文学博士研究生。《散文世界》执行主编。

宰艳红 资深编辑、出版人，文学硕士，人民出版社编辑，中国作家协会重点联系网络作家。

聂沛 作家，研究员，作品《手握一滴水》为2012年高考作文题。中国作家协会会员，衡阳市作协副主席。

简墨 作家，学者。中国作家协会会员，济南市作协副主席，获“冰心散文奖”等各类大奖。

施晗 作家，出版人。《青年文学家》执行主编。与韩寒、郭敬明等入选“中国80后年度实力排行榜”。

许文舟 作家，中国作家协会会员，临沧市作协理事，作品入编《大学语文》，获“孙犁散文奖”等多种奖项。

张恩勇 全国研究型校长，北京市优秀教育工作者，高考语文命题研究专家，北京昭熠学校校长，全国优秀语文教师。

章学锋 作家，学者，全国高考语文科陕西省阅卷点写作阅卷教师，《西安晚报》高级记者，获“冰心散文奖”等多种大奖。

贾红亚 濮阳市骨干教师，濮阳县教师进修学校高级讲师，国家级优秀辅导教师，河南省首届语文教改之星。

厉艳萍 河北省三河市第一中学语文教研组长，高级教师，三河市骨干教师。参编教育部《全日制普通高中语文课程标准》等。

刘季宏 高级语文教师，北京市优秀教育工作者。北京师范大学语文教育硕士、北京师范大学个性化教育品牌教师。

丛路平 北京市丰台区骨干教师，首都师范大学附属丽泽中学语文教师，从事语文教学工作21年，论文获国家级、市级奖项。

魏佑湖 中国作家交流协会会员。现任职于山东莱城区口镇教委，中学一级教师，学术成果入编《中国当代学者辞典》。

新课标无障碍经典阅读专家团队

杨慧 高级讲师，研究员。国家级重点中学辽宁省葫芦岛市锦西工业学校教师，中华语文网“语文名师”。

王卫东 北京市八一中学语文高级教师，语文教研组长，海淀区语文学科带头人和语文学科骨干教师。

杨勇 北京市十一学校教师，北京市优秀教师。著有《北京艺考生语文教材》等。

王玉梅 北京师范大学密云实验中学教师，1993年毕业于首都师范大学中文系，有多年毕业班教学经验，论文多次获奖。

杨岁虎 中学高级教师，甘肃省骨干教师，甘肃省甘谷县第三中学教师。发表教育文章百余篇。主编参编中学教辅图书八十多部。

孙珂 北京市科迪实验中学教师，语文学科带头人，教研组长。所带学生每年均有考入清华、北大等名校。

夏翠丽 北京师范大学毕业，全国语文名师工作室秘书长，北京昭熠学校副校长。首次提出并建设“张恩勇高分语文”体系。

陈文海 专栏作家，扬州仙女镇中心小学高级教师，中国微型小说学会会员。课堂教学曾荣获扬州市一等奖，全国二等奖。

薛暮冬 教育硕士，滁州实验中学语文教研组组长。安徽省语文学科带头人，政协委员，省教育学会专业委员会委员。

刘解军 高级教师，北京市杨镇一中教师。中国青少年写作研究会、全国中学文学社团研究会秘书长等。

牛国昌 中学高级教师，河北省优秀教师，河北无极中学语文教师。多次获得省市县级模范工作者、优秀班主任等荣誉。

曹裔 原名曹可智，山阳县漫川中学语文高级教师。多篇作品被中小学语文教学和考试选用。获“中国散文精英奖”等。

许瑞堂 北京市八一中学语文教师，三十多年教龄，教学经验丰富，倡导快乐阅读，轻松写作。

汤会娥 陕西省姚安中学语文教师。陕西省“教学能手”、陕西省“教改先进个人”。

胡西奎 安徽省淮南市第一中学语文教师。参与编写安徽科技出版社出版的人教版初、高中语文读本一套。

新课标无障碍经典阅读 指南

每一本名著都是最好的教科书

新课标无障碍经典阅读：扫除阅读障碍，亲近读者，在有限的时间里阅读更多的东西，充分享受读书带来的乐趣。

无障碍阅读既避免了同学们在阅读中频繁翻阅工具书之苦，又避免了一知半解与认错字的尴尬，还可以使同学们从中学到不少知识，是一举多得的阅读模式。

名师导航：认识作者，体会社会背景，了解作品主要内容，赏析人物形象，分析作品艺术特色，帮读者全方位把握作品。

作品提要
作者简介
艺术特色
人物形象

作品提要

莫泊桑一生的著作中，以短篇小说数量最大、成就最高，他也因此被称为“短篇小说之王”。

普法战争开始后，法国接连败退，普鲁士军队陆续进驻法国各处。

这六个人是这次出行的旅客的主体人物，他们都是有一定的身份和不菲的收入的人，他们都信仰天主教，懂得教义。

出于巧合，车里有一边的长凳上坐的全是女客，靠近伯爵夫人的位子上有两个嬷嬷，她们正捏着长串的念珠做祷告。其中一个是年老的，脸上满是麻子，仿佛她的脸上曾经中了霰弹似的。

咬文嚼字

嬷（mó）嬷：①称呼年老的妇女。②奶妈。

名师指津

运用比喻的修辞手法，说明年老的嬷嬷脸上的麻子非常多，给读者生动具体的感受。

英语学习馆

重点词语：军队：troop [tru:p]；街道：street [stri:t]；生活：life[laɪf]

相关词组：俄国军队：Russian troops；街道设施：street furniture；生活史：life history

名师导读：富有启发性的语言，将“读”与“思”相结合，激发读者阅读兴趣，引导其自主阅读。

咬文嚼字：将文章中的难认字词标注拼音并进行释疑，减轻同学们屡翻字典的烦恼，避免同学们对文章误解或一知半解，破除阅读障碍。

名师指津：评点重要语句，品味精彩语言，剖析艺术特色，感受人物形象，扫除阅读障碍，全方位展现阅读内容，有效提高阅读能力。

英语学习馆：结合各学段英语学习要求，根据名著内容配备“英语学习馆”栏目，通过重点词语、相关词组，提升同学们的英语学习水平。

资深教育专家权威解读
百位优秀教师精心批注

名师点拨： 对本章主题、整体结构、写作手法等进行深入分析，帮读者把握篇章主旨，理解文章内容、情感、艺术特色，让同学们真正掌握写作方法与技巧，提高阅读与写作能力。

拓展阅读

迫于安危而出逃的羊脂球，却在中途被敌人扣留，并向她提出无耻要求。

学习要点

反语： 即通常所说的“说反话”，运用跟本意相反的词语来表达此意，却含有否定、讽刺以及嘲弄的意思……

学习要点： 有针对性地解析本章中的知识点，深度剖析写作技巧，掌握最基本的语文学习方法，帮助同学们快速找到语文提分的法宝。

好词

无可奈何　众所周知　名副其实　一无所知　力挽狂澜

好句

· 夜里的城市被深沉和静谧吞没，人们看不到雪花飘落，却有一种雪花落在脚下、身上以及怀里的轻柔的感觉。

写作借鉴： 荟萃文章中好词、好句，增加同学们的写作词汇量，为提高同学们的写作质量，打下坚实的基础。

知识链接

普法战争

概述

普法战争是1870—1871年普鲁士同法国之间为争夺欧洲大陆霸权以及解决德意志统一问题而发生的战争。

知识链接： 链接作品相关文化常识，帮助同学们开拓视野，积累写作素材，提高读写能力。

必考点自测

一、填空题

1. 本书的作者莫泊桑是_____世纪_____国著名的作家。

必考点自测： 紧扣新课标要求，精选历年考试真题与最新全真模拟题，帮学生复习备考，提高考试成绩。

序

在这个信息高速发展的时代，在这个因浮躁而充斥“浅阅读”的环境里，易于接受新事物的青少年们，他们对读书的认识，正发生着根本性的变化：“体验式阅读”“快餐式阅读”“图片式阅读”等阅读方式正在潜移默化地改变他们。

在公众场所，我们经常会听到这样的话：“妈妈，别再给我买这些没用的图书了，给我买个 iPad 就足够了，在那上面阅读既方便又快速。再说了，现在是高科技时代，我才不要看那些纸质书呢。”听到孩子们的央求，大多数父母下意识地就遂了孩子的愿，放下手中原本选定的图书。如此可见，孩子们真正的书本阅读退化到了何种程度！

中国是一个图书出版大国，但我们的购书量只有发达国家的十几分之一，更别说阅读了。如何进一步激发和扩大阅读兴趣，不仅事关中国能否由出版大国向出版强国转变，更关系到全民族的文化素养。毕竟，只有爱读书的民族才有光明的未来。因为不读书，有人说中国人现在已经进入“笨蛋时代”：没有常识的谣言，愣是有人信；长生不老的药方，愣是有人买。“人傻钱多”的歪理也开始成为当下很多人的正解，这与我们从前提倡的“知识就是力量”恰好相悖。在这种形势之下，如何让青少年在正确认识自我的前提下，学习好的文化知识，能够有效地深层次地阅读一些优秀的图书作品成为一个重要的话题。

由一批资深教育专家和中小学骨干教师共同完成，编辑出版的“新课标无障碍经典阅读”系列图书，就是一套目前很适合中小学生阅读的经典课外读物。全书遵循从“基础”到“拓展”的原则，体现层级深入的理念，展现精神成长的过程，关注阅读对青少年的精神塑造及人生成长的影响，将素质培养作为核心编辑理念。本书系所选内容篇目也均为教育部颁布的“语文新课标”必

读书目，或为中小学生喜闻乐见的、考试试题中常见的世界文学名著。同时，在体例设置上，编辑对每本书从内容到形式都进行了独到的评析、介绍，用通俗明快的语言文字，将学术性、知识性的内容，通过浅显易懂的形式表达出来。

人类的文学成果是人类的文明成果不可或缺的组成部分。每一时代的重大文学现象和优秀文学作品，并不会随着这个时代的远去而成为过去。它们蕴含着客观的真理和历史的启迪、永恒的价值和永久的魅力。歌德说："道不尽的莎士比亚。"别林斯基也说："普希金是要在社会的自觉中继续发展下去的那些永远活着和运动着的现象之一。"这无异于说，一部优秀文学作品的生命总是处在历史的永久运动之中，并且总是和世世代代人们的生活密不可分。因此，培养广大青少年对文学的爱好和阅读，了解文学的主要内涵，提高文学修养，应当是每个中学生的必修课。

开放的中国正走向世界。走向世界的中国需要继承人类文化的全部优秀遗产，需要具有世界意识的建设者。青少年朋友们，希望这套"新课标无障碍经典阅读"系列图书能够成为你们奔向未来的一份宝贵的精神食粮。

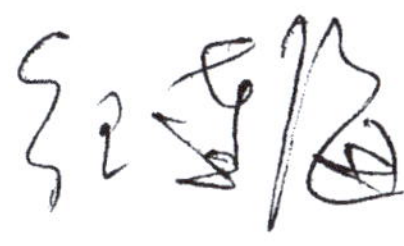

本书文学地位

1

（莫泊桑的作品）每一篇都是一出小小的喜剧，一出小但完整的戏剧，打开一扇令人顿觉醒豁的生活的窗口，读他作品的时候可以是哭或是笑，但永远是发人深思的。

——法国作家 左拉

2

莫泊桑的语言雄劲、明晰、流畅，充满乡土气息，让我们爱不释手，他具有法国作家的三大优点：明晰、明晰、明晰。

——法国作家、文学评论家 法朗士

3

（莫泊桑的作品）具有“形式的美感”和“鲜明的爱憎”，他之所以是天才，是因为他“不是按照他所希望看到的样子而是照事物本来的样子来看事物”，所以“就能揭发暴露事物，而且使得人们爱那值得爱的，恨那值得恨的事物”。

——俄国作家 托尔斯泰

4

莫泊桑“不失为卓越超群、完美无缺”的文学巨匠。

——法国作家、诺贝尔文学奖获得者 纪德

作品提要
作者简介
艺术特色
人物形象

作品提要

莫泊桑一生的著作中，以短篇小说数量最大、成就最高，他也因此被称为“短篇小说之王”。本书共收录莫泊桑中短篇小说八篇，除了《羊脂球》和《项链》外，还收录了《两个朋友》《我的叔叔于勒》《菲菲小姐》《骑马》等大家耳熟能详的作品，每一篇都是经典之作。

其中，《羊脂球》是一篇以普法战争为背景的中篇小说，主要讲述了一个妓女和一些有产者——伯爵、工业家和商人等，同乘一辆马车离开敌占区时发生的故事。故事的开始，大家对这位绰号“羊脂球”的妓女不屑一顾，但经历了行程的延宕，又因为事先没有准备食物，最终拗不过饥饿的肚皮，在羊脂球善意的邀请下觍颜吃光了羊脂球准备的一篮子美食，在这之后，他们才对羊脂球和颜悦色了一些。马车在经过多忒镇时，被占领该镇的普鲁士军队拦下。普鲁士军官要求羊脂球陪他过夜，否则马车不予放行。这时，那些有产者为了自身的利益，想方设法、软硬兼施地要求羊脂球答应普鲁士军官的要求，甚至连修女也同流合污，羊脂球无奈屈服。然而，当马车重新踏上旅途的时候，众人却忘恩负义，更加轻视羊脂球了。

另一篇家喻户晓的《项链》，讲述的是一个公务员家庭发生的事。故事的主人公玛蒂尔德总觉得婚后的生活十分拮据，尽管丈夫很疼爱她，但她仍感到很不满意。某一天，丈夫为她拿回了一张舞会的邀请函，这难得的机会令玛蒂尔德既兴奋又沮丧，因为家里的钱只够让她买一件晚礼服，而无法再添置与礼服搭配的首饰。于是，她向一位富有的朋友借了一条钻石项链，并在舞会上出尽风头。然而，舞会结束后，项链竟不翼而飞。万般无奈之下，玛蒂尔德只好买了条相似的项链还给朋友。为了这条项链，她和丈夫足足背负了十年的债务，披星戴月地工作才将债务还清。十年后的某一天，玛蒂尔德偶遇借项链给自己的女友时，才知道丢掉的那条项链是假的……

作者简介 

居伊·德·莫泊桑（1850—1893），19世纪后半叶法国著名作家。1850年8月5日，莫泊桑出生于法国西北部诺曼底省狄埃卜城附近一个没落的贵族家庭。母亲爱好文学，是莫泊桑文学道路的引路人。1870年，莫泊桑到巴黎进入大学学习法律。同年，普法战争爆发，他应征入伍。1871年，战争结束后，莫泊桑退役回到巴黎，供职于海军部和教育部长达数十年，这些经历成为他日后创作的重要主题。1873年，莫泊桑开始在福楼拜的指导下进行文学创作。

1875年，莫泊桑首次发表小说《人手模型》。1876年，他与左拉、阿莱克西等人成立了“自然主义文学集团”，并商议每人以普法战争为题材写一篇小说。1880年，上述作品结集出版，即《梅塘之夜》。莫泊桑的《羊脂球》亦在其中，自此一举成名，正式走上文学道路。

1880年—1890年，莫泊桑创作了大量传世佳作。自1880年起，莫泊桑的偏头痛发作得日渐频繁，右眼的调节功能全部丧失，心跳紊乱，因而他作品中的宿命论和悲观主义情绪屡见不鲜。1885年后，他转向长篇小说的创作。1891年，莫泊桑的病情急转直下，求生的欲望使他四处求医，但又继续迷恋于放浪的生活。1892年1月2日，莫泊桑自杀未遂，不再对康复抱有希望。五天后，他被送入精神病院。1893年7

月 6 日，莫泊桑去世，时年 43 岁。

莫泊桑一生著作颇丰，是法国文学史上短篇小说创作数量最多、成就最高的作家，与契诃夫和欧·亨利并称为“世界三大短篇小说家”。在他创作的短篇小说中，19 世纪下半叶的法国社会风貌得到了淋漓尽致的体现；他的创作追求真实自然，将现实主义小说艺术提高到了一个空前的水平。莫泊桑一生创作了六篇长篇小说和三百多篇中短篇小说，其中许多作品广为流传，如，长篇小说中的《皮埃尔和让》《一生》等，中短篇小说中的《羊脂球》《项链》《菲菲小姐》《我的叔叔于勒》《流浪汉》《两个朋友》《骑马》《勋章到手了》《西蒙的爸爸》《小狗皮埃罗》《一个诺曼底佬》《绳子》《老人》《洗礼》《穷鬼》等。

艺术特色

鲜明的人物性格

莫泊桑的短篇小说，对于人物性格的刻画十分到位、生动，通过这些人物鲜明的性格，从不同的角度表现了作品的中心思想。羊脂球的善良、威武不屈，同行其他人的自私、懦弱；玛蒂尔德的虚荣、敢于承担等，这些角色之所以刻画得如此深入人心，都是因为莫泊桑善于从人生百态中看清人情世故，思考人性的本质。

巧妙的构思

莫泊桑的小说以构思巧妙著称，开头往往平淡无奇，中间突然发生转折，并在情节发展中埋下伏笔，令结尾既出人意料，又合情合理。如《项链》中玛蒂尔德向朋友借“名贵”的钻石项链时，朋友没有任何犹豫就答应了，逾期未还也并没有催促，到了故事结尾，玛蒂尔德才知道项链是假的，并不值钱。故事的真相往往出人意料，而又令人回味无穷。

精彩的细节描写和优美的语言

莫泊桑的小说善于从日常生活中抓取典型事物的细节来表达作品的中心思想。这些细节的抓写不但准确凝练，而且十分传神。例如《羊脂球》中，众人从不屑一顾到对羊脂球和颜悦色这一态度的转变，仅是因为一顿饭，辛辣地揭露了所谓上层阶级的虚伪和势利。莫泊桑的小说，语言生动明快，通常不借助修辞手法，而是运用大量的形容词来表达语意，具有一种“天然去雕饰”的美。

以小见大的表达方式

莫泊桑的小说中，出现的人物通常比较少，所涉及的背景和事件也较为简单。就是这有限的篇幅和素材，到了莫泊桑手中，都能够反映出那个时代的某一个侧面或片段的本质。在大时代大社会的背景下，他从复杂的社会生活中截取一个小的画面来揭示整个社会生活中的某些问题及其本质，而不是呆板地白描现实生活。

人物形象

羊脂球

一个身份低微、心灵高尚的妓女。她善良、真诚，富有同情心。面对同胞，她谦逊而有礼貌，乐于襄助。面对敌人，她高傲、圣洁，表现出强烈的爱国情怀。她为了祖国的尊严和自己的灵魂，在敌人面前坚贞不屈；然而，最终不得不为了那些所谓的高贵的上层人士牺牲自己。

玛蒂尔德

一个虚荣、贪慕富贵的妇女。她总是幻想可以过上奢华安逸的生活，对现有生活状态十分不满。也正是因为她的虚荣，导致她和丈夫负债累累，从普通人的生活沦落至贫困的境地。然而，犯了错误后，她勇于承担后果，积极努力地弥补过失，终于还清了债款。

骆塞尔

一个有担当、有责任感的男人。他十分疼爱自己的妻子，尽管薪资微薄，不能满足妻子那些奢求，但他一直尽自己最大的努力让妻子满意。发生变故后，他没有退缩，没有抛弃妻子，而是和妻子一起携手渡过了难关。

目录

MU LU

羊脂球

普法战争开始后，法国接连败退，普鲁士军队陆续进驻法国各处。有能力的法国人开始逃离敌占区。这天，天还没亮，一辆六匹马拉着的长途马车就载着十名乘客踏上了旅途。这十个人中，有地位尊贵的伯爵夫妇、财大气粗的商人夫妇、修女及妓女等。那么，他们这一路会发生什么样的故事呢？在当时的法国社会，妓女和其他人的地位相差悬殊，这个妓女又该如何同其他九个人相处呢？他们能顺利到达目的地吗？让我们带着这些问题，一起开始阅读吧！

几天以来城里都会路过一些毫无生气的溃逃的军队，这些队伍没有升起军旗，也没有自己的番号，只是表情疲惫、衣冠不整地艰难行进着。他们不再是往日战场上为了祖国和正义战斗的士兵，也不是某种荣耀和主义的代名词了，他们只是机械地走着，他们从战败的战场上下来，没有人

咬文嚼字

番号：按照兵种、任务和编制序列授予部队的名号。

知道要撤退到什么地方去。这些人中，有的原来只是过着寻常日子的普通百姓，他们没有受过军队的训练，也没有抵抗侵略的决心，只是在战争之后被迫加入队伍。他们认为，战争夺走了他们的好日子，带给他们的只是沉重的脚步和失去一些思考能力的大脑。参与这场大撤退的，有神经紧张、容易受到惊吓的国民别动队的小兵，他们在战争中吃了苦头，随时准备着进攻，或者逃跑。除此之外，这些人当中还有穿着红色马裤的某次战役的残余部队，戴着闪闪发光的头盔的龙骑兵，甚至还有一些有着“战败复仇者”“坟墓公民”“死神分享者”的光荣称号的游击队。这些队伍中当头的，也不都是正统的军队士官，他们有的是粮食商人，有的是牛羊贩子。战争发动之后，他们本着自己残余的爱国心加入了战斗，有的因为自己尊贵的地位，有的因为膨胀的腰包而当了军队的头领或者军官。他们高声谈论着自己的作战计划，就像是在生意场上进行赌博一样。他们有着军官的光荣称号，并以此来挽救自己虚弱的心灵，有的时候，他们不得不承认自己惧怕那些凶猛的匪徒似的部下。

咬文嚼字

马裤：特为骑马方便而做的一种裤子，膝部以上肥大，以下极瘦。

传言说，普鲁士人就要打到鲁昂市区里来了。

这个市的国民卫队近两个月来在附近各处森林中做着细致周密的勘(kān)察，还时常有开枪误伤自己哨兵的事情

发生。偶尔有只小兔子在荆棘丛里动弹，也会让他们拿上吓唬人的武器做好战斗的准备。现在他们都回家了。器械、服装，以及从前被他们拿着在市外周围三法里一带的国道边上吓唬人的凶器，现在都忽然消失了。

名师指津

通过偶尔误伤自己人和有兔子动弹就预备作战这些描述，我们可以看出国民防护队那种提心吊胆、草木皆兵的备战状态。

法国最后的一队士兵也已经渡过了塞纳河，他们要从汕塞韦和布尔阿沙转到俄德枚桥去。这个队伍的师长走在队伍的最后面，透过他痛楚的脸看到的是无可奈何和万念俱灰，他就像一个失去糖果的小孩子一样需要安慰。于是，他无法从他的部队中得到任何安慰，只有两个和他一样无计可施的副官和他走在一起。

之后的日子里，整个鲁昂市区都沉浸在一种无以言喻的沉寂中。人们不知道在害怕着什么，或者是期待着什么。大肚子的富翁们坐立不安，一分一秒都不敢离开自己的金银和珠宝，他们甚至开始热切地期待着“胜利者”的到来，因为这种无法预料的结局更加让人不安。城市里的一切都好像停止了一样，没有商铺开门，大街上也没有人，只有在黎明将要来临或者夜色降临之后，才可以看到一两个人影胆怯地从墙角迅速溜过。

在法国军队全部撤退后的第二天下午，该来的终于来了。首先是三五个普鲁士骑兵一边匆促地从寂静的市区穿过，一边还不知道在观察着什么。没过多久就看到一群人

咬文嚼字

匆促：匆忙；仓促。也作匆猝。

马从汕喀德邻的山坡上列队下来，与此同时，另外两队普鲁士军也在达尔内答勒的大路上和祁倭姆森林里的大路上出现了，这三拨人马最后在市政府广场上隆重会师，用他们雄厚的嗓音和整齐的步伐来宣布对这一城市的胜利占领。在接下来的时间里，德国军队都开了过来，他们在街道上阅兵，用他们强硬而带有节奏感的步伐敲击着鲁昂城里的地面，用陌生的嗓音发出统治一切的号令。这个时候的大

街上除了他们没有一个人，但是紧闭的百叶窗后面有许多眼睛。他们从窗户的夹缝里向外窥视着这些胜利者，随着他们发出的每一声呐喊、迈出的每一个步伐而再次缩紧自己的身体，努力地屏住自己的呼吸。他们早已被吓坏了。

名师指津

通过对人们的动作描写，体现了法国人民对普鲁士军队的恐惧，反映了战争给人民带来的创伤。

正同遇着了洪水，遇到了大地崩陷，若是想对抗那类灾害，任何聪明和气力都是没有用的。每当事物的旧秩序被摧毁，安全不复存在，人为的法律或者自然法则所保护的东西听凭一种凶残的无意识的暴力来摆布时，人们就不免要有这种同样的感觉。地震把整整一个民族压死在倒塌的房屋下；江河泛滥之后，淹死的乡民、牛尸和房屋上倒下来的梁柱就四处漂泊；得胜的军队一到，就要屠杀自卫的人，带走被俘虏的人，以扩大疆域的名义大肆抢劫并冠以保卫自由的名义；所有这些都是可怕的巨大灾难，可以在瞬间冲垮人们在长时间的安逸生活中积累起来的对祖国的忠诚和对尊严的憧(chōng)憬(jǐng)，当极端的恐惧终于冲破理性的樊篱，当最后的信仰终于轰然倒地，人们到哪里去寻找那对于永恒公理的信仰，对于军队和国家的信任？

过了一段时间，侵入以后的占领行为就开始了。有的普鲁士军官开始轻叩街上住户的家门，他们和颜悦色地向这里的居民寻求优待，城里居民对于战胜者的义务开始了。没过多长时间，最初的占领所带来的紧张气氛消失了。在

咬文嚼字

和颜悦色：形容态度和蔼可亲。

大多数人家里，普鲁士的军官渐渐融入了当地居民之中。他们和主人在一个桌子上吃饭，晚饭过后又围着火炉亲热地交谈。出于礼貌的关系，有的普鲁士军官还十分客气地对待给与他们优待的人家，甚至还很同情地为法国人叫屈。

开始的时候还有人认为把普鲁士士兵供养在家中的做法是十分轻率的，但是在实际需要和卑微心理的情况下，他们逐渐认为这其实也是有好处的。有人承袭了从过去曾有过的法国人的娴雅性情所演绎出来的理论，认为只要不在公开的场合和普鲁士的军人亲密接触，在家里是可以亲切地进行交谈的，况且在这种人人自危的情况下，去结交一个可以依靠的人总要好过去得罪他。

城市的生活似乎又回到了以前的样子，但是法国居民仍然不怎么出门。大街上随处可见拿着大长军刀向咖啡馆里走去的德国轻装骑兵军官。他们总是高昂着头，即使脚下有个大洞也会义无反顾地跨下去。他们对待当地居民的那种蔑视神情，也并不比去年在这些咖啡馆喝酒的法国步兵军官更厉害。

名师指津

通过动作描写，表现出德国骑兵军官高傲的姿态，使人物形象更加鲜活，给读者留下更加深刻的印象。

在平静的生活下面，人们总是觉得有一种莫名的东西环绕在自己的周围，那是一种叫侵略的东西。他们似乎为这东西揪心，似乎在心底为它呐喊，却又感觉到它给生活带来的威胁。他们害怕这种东西会惊扰他们好不容易才取得的“平静的生活”，所以在言谈中怒斥它对生活的破坏。胜利者总是需要被征服者来纳贡，这是自古不变的。他们向居民们征收了大量的钱财，对此，历来爱惜钱财的人们倒是也如数缴纳。不过一个诺曼底省的大商人，钱挣得越多，当他看见自己的财产一点点被别人盘剥时，他的苦痛也越大。

然而，在市区下游两三法里的河里，十字洲、吉艾卜达勒或者别萨尔一带，经常会有人从河里打捞上来德国人的尸体。这些尸体都穿着军服，被水泡得肿胀，有被一刀戳死的，有被一脚踢死的，有头被石头砸开的，也有从桥上被人一下子推下水的。没有人知道是谁在进行报复，他们无声的报复行为被寂静的夜色和浑浊的河水掩埋起来，这种战斗要比战场上的厮杀更具有危险性，但没有任何的荣誉和光辉。在这样的社会环境下，终于有人开始大胆起

重点词语： 军队：troop [truːp]；街道：street [striːt]；
生活：life[laɪf]

相关词组： 俄国军队：Russian troops；
街道设施：street furniture；生活史：life history

英语学习馆

来了。格外憎恨入侵者的人开始大胆地为了信念而行动，被利益驱使的商人又在心眼里萌发了赚钱的欲望。有的人生意在勒阿弗尔地区，那里现在还在法军的控制之中，他们决定由陆路启程先到吉艾卜去，再坐船转赴那个海港。靠着自己所熟识的德国军官的特殊权力，终于有人得到了德军总司令签发的出境证。

有十位乘客在车行里预订到了一辆可以跑长途的马车，他们决定在一个星期二的清晨起程，以防止惹人注意。这些天十分寒冷，从星期一下午三点多的时候开始，成堆的黑云就带来了漫天的大雪。大雪一直到深夜都没有停歇。尽管如此，在清晨四点半的时候，旅客们还是按时到达了诺曼底旅馆的院子里，这里是他们乘车的地方。

咬文嚼字

笼罩：像笼子似的罩在上面。

此时他们仍然被浓浓的睡意笼罩着，在黑暗之中他们谁也看不清楚对方，在厚重的冬衣包裹下，一个一个都像肥胖的教士一样。其中有两个旅客认出了对方，第三个人也朝他们走去，他们开始聊天了。“我带了我的妻子。”某一个人说。“我也是这么做的。”“我也是。”另一个人说，“我们不打算回鲁昂了，假如普鲁士人向勒阿弗尔走，我们就到英国去。”由于他们的品质相同，他们有了相同的计划。

这个时候马车还没有套好，一个手提着小风灯的马夫

在一间漆黑的屋子里进进出出。天气太过寒冷，马也不想出来。屋子里不时地响起马蹄踩踏地面的声音和一阵阵跟牲口说话和叱骂的声音。然后响起了一阵轻微的铃声，接着是马铃摇摆和走动的声音。门忽然关上了，人们听不到里面的动静，但是也没有人去看，他们都像被冻僵了似的待着不动。鹅毛般的雪花从沉沉的天际落下，世间的一切都被它覆盖了起来。夜里的城市被深沉和静谧吞没，人们看不到雪花飘落，却有一种雪花落在脚下、身上以及怀里的轻柔的感觉。没有人说话，人们似乎可以听见自己心跳的声音。这个时候，马夫又拿着风灯走了出来，手里牵着一匹不愿挪步的马。他拉着牲口靠近车辕，系好了挽革，前前后后长久地瞧了一番，然后去拴紧牲口身上的各种马具。在他去牵第二匹马的时候，他注意到了那些毫不动弹的旅客，看到他们满身的雪花，于是说道："各位为什么不去车上等呢，那儿不是要比这里暖和多了吗？"很显然，他们之前并没有想到这个问题，此时他们赶忙向车子走去。三个男旅客把自己的妻子都安排在最靠前的位子上，然后自己也跟着上了车。其他那些没有任何交谈意愿的旅客也跟着上车坐下了。

咬文嚼字

静谧（mì）：安静。

有一些麦秸被提前铺在了车厢里，旅客们都把自己的脚藏在了里面。那些坐在最前头的女乘客都带着装好化学

炭饼的铜质手炉，并低声交流着它的种种好处，彼此重复地叙述着她们早已知道的事情。

马夫终于套好了车子，在这样的大雪天气里拉车十分费劲，所以车夫在四匹马之外又另外套了两匹马。马夫问道："所有的旅客都上车了吗？"车里有人回答："是的。"大家终于起程了。但是由于天气太坏，车子走得十分缓慢，马一步一滑，一边喘气一边艰难地向前走，马背上汗气蒸腾，车夫为了催促马匹赶路，不断地用长鞭在马身上噼噼啪啪地甩着，长长的马鞭像一条长蛇一样扭结然后再

散开。疲惫不堪的马受到车夫狠狠的一击，开始不情愿地奔跑起来。

咬文嚼字

疲惫：非常疲乏。

天色渐渐地亮了，已经看不到雪花在飘落了。雪堆里透出来一片微弱的光，浓重的雾气升腾起来，使得眼前的平原显得神秘无比。借着黎明前的微光，车上的乘客开始互相打量着。在马车前面最好的位置上，鸟先生夫妇面对面打着瞌睡。鸟先生现在是大桥街上一家酒行的老板。他曾经在一个老板的身边做伙计，但是后来老板亏了钱，他就接手了老板的店，并发了大财。他以低价把自己的劣质酒卖给乡下的小酒商，他身边的人都知道他是个狡猾的坏坯子，是一个满肚子诡计的诺曼底人。鸟先生的名声是众所周知的，而且因为都尔内先生的原因更加“发扬光大”。都尔内先生是个写寓言和歌曲的作家，他的文笔十分辛辣，地方上的人们视他为骄傲。有一次他在州长的客厅里做客，看到女宾们都想打瞌睡，就提议做“鸟翩跹”的游戏。大家都猜出他是想说鸟先生骗钱。这句话从此通过州长的客厅传遍各处，成了全省人的笑料。

除此之外，还流传着许多关于鸟先生的笑料和传言，这些都使得他名声大噪。从此之后，大家只要谈到他，就会在末尾加上这么一句：“这鸟，简直是妙不可言。”

名师指津

“名声大噪”明显带有讽刺的意味，说明鸟先生的口碑不好，受到人们的讥笑。

鸟先生的身材十分矮小，大肚子像个气球一样，长着

一张通红的脸。这样的一个人却有一个身材高大、体格强壮、嗓门大、性格沉着、主意多的妻子。在他的酒店里，他的妻子就是权威。

在这对夫妇身边的是一个来自更高阶层的人，迦来－辣马东先生。他靠棉业起家，获得过荣誉军团官长勋章。他现在有三个纺织厂，还担任州参议会议员。他是善意反对派的领袖人物，用他自己的说法，他以无刃的礼剑作为自己的武器，首先攻击对方，然后再附和几声，以此取得高报酬。随他一起的太太则显得十分娇小玲珑，她的脸蛋儿十分漂亮，身上裹着华贵的皮衣。她要比丈夫年轻很多，当初那些派到鲁昂驻扎的出身名门的军官们常常在她身上找到安慰。

坐在她旁边的是禹贝尔·卜来韦伯爵夫妇，他们的身份十分高贵，是诺曼底最古老最高贵的一个世家。伯爵是一位雍容气派的绅士，他总是尽可能地修饰自己，使自己更像享有威名的亨利四世。关于伯爵家族有一个很古老的传言，据说亨利四世曾经因为使卜来韦家的一位夫人怀孕而册封她的丈夫做了伯爵，之后就世代沿袭。和迦来－辣马东先生一样，禹贝尔·卜来韦伯爵也是州参议会议员，代表的是本州的奥尔良派。他的太太是南特市一个小船长的女儿，他们两人的结合历来都被认为是十分神秘的。不

咬文嚼字

驻扎：（军队）在某地住下。

雍容：文雅大方，从容不迫。

过伯爵夫人总给人一种大气的感觉，接待宾客的风度比谁都强，并且被人认为和路易·菲利普的一个王子曾经有过恋爱的经历，因此所有的贵族都好好地款待她，而她的客厅始终是当地的第一位也是唯一保存着旧日的风流情调的地方，要想进入其中并不是件容易的事。卜来韦家的财产主要是不动产，每年大概可以保持五十万法郎的收入。

这六个人是这次出行的旅客的主体人物，他们都是有一定的身份和不菲的收入的人，他们都信仰天主教，懂得教义。

出于巧合，车里有一边的长凳上坐的全是女客，靠近伯爵夫人的位子上有两个嬷嬷，她们正捏着长串的念珠做祷告。其中一个是年老的，脸上满是麻子，仿佛她的脸上曾经中了霰弹似的。而另一个漂亮且带病态的脸蛋儿长在一个有肺病的身体上，看上去很虚弱。两个嬷嬷的对面，有一个男子和一个女人吸引着大家的视线。

那个男子就是被人称为“民主党”的高尔奴代，好些受人尊重的人士却对他恨之入骨。二十年来，他那一大把的长胡子在各处民主派的咖啡馆的啤酒杯里拂来拂去。其实他父亲原本是个糖果店商人，他继承了一笔颇为丰厚的财产，不过很快就被他挥霍一空了，最后他又焦躁地等候共和政体给自己适当的地位来显示他为革命喝了这么多杯

咬文嚼字

嬷(mó)嬷：①称呼年老的妇女。②奶妈。

挥霍(huò)：任意花钱。

名师指津

运用比喻的修辞手法，说明年老的嬷嬷脸上的麻子非常多，给读者生动具体的感受。

啤酒之后取得的成绩。在9月4日，他也许由于上了一个恶作剧的当，自以为被任命为州长，然而当他上任办公时，那些始终身居主人翁地位的机关公务员却拒绝承认他，终于逼得他不得不退位。好在，他是个好好先生，毫无恶意而且乐意替人效劳，这一次，他用一种谁也比不上的热心尽力布置了防御工事。他让人在平原上挖了很多窟窿，在近处的森林里砍倒了所有的嫩树，在所有的大道上布置了好些陷阱，到了敌人快要到的时候，他很满意自己的种种措施，所以等敌人快到的时候，他就赶忙缩回市区里来。现在他想起自己倘若到勒阿弗尔就可以做些有益的事情了，因为在那个地方，新的防御工事立刻就会变得必不可少。

名师指津

此处运用了比喻和外貌描写，生动地刻画出“羊脂球”的形象，表现出她受人追捧的原因和情况。

最后的那女人是一个妓女。她是以妙年发胖著名的，得了个名副其实的诨名叫作“羊脂球”，矮矮的身材，滚圆肥胖好似啤酒桶，手指都是丰满的，关节处都箍出了一个个圆圈儿，仿佛一串儿短短的香肠；皮肤是光润而且绷紧了的，丰满的胸部在裙袍里突出着；然而她始终被人垂涎又被人追逐，她的鲜润气色让人看了感到极为顺眼。她的脸像一个发红的苹果，一朵含苞欲放的芍药；脸蛋儿上半段，扑闪着一双灵活的黑眼睛，四周深而密的睫毛向内部映出一圈阴影；下半段是一张妩媚的嘴，那股鲜嫩劲儿真想让人亲一口，里面露出两排闪光而且非常纤细的牙齿。

咬文嚼字

垂涎(xián)：因想吃而流口水，比喻看见别人的好东西想得到。

据说，她还具备种种无从评价的品质。

她一被认出来，就在那些爱惜名誉的妇道人家中间引起了一阵窃窃的密谈。她们把“卖淫妇”和“社会的耻辱”这一类字眼儿说得很响亮，这使她抬起了头。这时，她用很有挑战意味和大胆的眼光环视了一下同车的人，紧接着又是一阵深远的沉寂，大家都低下了头。唯有鸟老板例外，他用一种愉快的神情窥视着她。没多久，三个贵妇人又开始了新一轮的谈话。因为有这个“姑娘”在场，她们突然变得亲密起来，她们认为在这个毫无羞耻的卖身的女人面前，她们有责任以有夫之妇的身份结成一个团体，因为法定的爱情素来看不起不合法的自由爱情。

咬文嚼字

羞(xiū)耻：不光彩；不体面。

那三位男士看见高尔奴代，也由于保守派的一种本能彼此更加靠近了些，他们带着一种对穷人的蔑视态度谈论着钱财。禹贝尔伯爵谈到普鲁士人使他受到的损害，牲畜被虏和收获无望造成的损失时，用一种家财万贯的大财主的态度述说这些灾祸不过给他带来短时间的不方便罢了。迦来－辣马东先生对这种痛楚深有体会，他曾经留个心眼儿往英国汇了六十万法郎作为应急之用。至于鸟老板呢，他早和法国的军需当局有过商量，向政府卖出了他酒窖里所有普通的葡萄酒，政府就这样欠了他一大笔钱，他现在就打算到勒阿弗尔去取。

最后，这三个男人迅速地用一种充满友谊的眼神互相望了一下。各人的具体情况虽然不同，不过他们都是有钱的，他们都是那个大行会的成员，都是富得把手插到裤子口袋就会让金币清脆地响的，这使他们感到彼此更应该亲近一些。

名师指津

通过“十点”和“四法里”这两个具体的数字，说明车行速度之慢，给人更加直观的感受，也令人更加信服。

车行迟缓，到上午十点车子才走了四法里。男人们在上坡的时候总共下车步行了三回，人们开始紧张起来了，因为本来可以到多忒那地方吃午饭，可眼下看来在天黑之前是赶不到那儿了。所以当车子陷到积雪当中要两小时才拉得出来的时候，每一个人都去寻找大路上的小酒店了。

饥饿使他们产生了吃东西的欲望，这让每个人都开始感到心慌。然而没有人看见一家饭铺子或者一家酒铺子，因为法国的饥饿队伍走过之后，又有普鲁士人就要开过来，那些做生意的人都被吓跑了。

男士们到路旁的农庄里去寻找吃的，可他们连面包都没有找着，因为农人们生怕那些没有吃的的军人发现什么就用武力来抢什么，所以他们隐藏了所有物品。

接近午后一点时，鸟老板声称自己饿得难受，大家和他一般无二，这种不断扩大的饥饿感终于使他们关上了话匣子。

有人时不时地打呵欠，另一个几乎立刻就模仿他。每

一个人都在轮到自己受到影响的时候打了呵欠，并根据自己不同的个性、世故以及社会地位，或者带着响声张开嘴巴，或者略略张开随即举起一只手掩住口吐出的热气。羊脂球几次弯着身子，好像在裙子里寻找什么。她迟疑地望了望同车的人，之后又直直地挺起了身子，每个人的脸上都是苍白和皱紧的。鸟老板肯定地说自己可以出一千法郎去买一只肘子吃，他的妻子如同抗议似的做了一个手势，随后他就不动弹了。说起乱花钱，她素来是心疼的，甚至于把有关这类的戏谑也当成了真的。伯爵说："我真的很后悔，先前怎么没有想到带些吃的东西呢？"

名师指津

这是一段动作描写，通过对不同人的不同描述，反映出每个人不同的状态。

咬文嚼字

戏谑(xuè)：用有趣的引人发笑的话开玩笑。

但当高尔奴代拿出一满瓶郎姆酒邀请大家喝一点儿时，大家都冷冷地拒绝了他。只有鸟老板接受好意喝了一点点，他在交还酒瓶子的时候谢道："这毕竟有用，这叫人得到点儿暖气，可以骗自己不去想饿着的肚子。"酒精让鸟老板高兴起来了，他建议照着歌里唱的小船上的办法分吃那

英语学习馆

重点词语：雪：snow [snəʊ]；漂亮：beautiful [ˈbjuːtɪfl]；
苹果：apple[ˈæpl]

相关词组：造雪机：snow cannon；
漂亮的女人：a beautiful woman；
苹果沙司：apple sauce

最肥胖的旅客。这句话是针对羊脂球的潜台词，这让那几位有教养的人听了很不好受。谁也没回答他，只有高尔奴代微笑了一下。两个嬷嬷已经不捏她们的念珠了，双手笼在长大的袖子里不再动弹，坚定地闭着眼睛，无疑在用上苍降给她们的痛苦，作为对上苍的献礼。

名师指津

通过对两个嬷嬷的描述，可以看出她们并不是真的信奉上帝，反映出她们的虚伪和无助。

到三点了，车子来到了一片广阔的平原中央，周围看不到一户人家，羊脂球活泼地弯下了身子，从长凳底下抽出一个盖着白饭巾的大提篮。

她先从提篮里取出一只陶瓷碟子、一只细巧的银杯子，随后是一只很大的罐子，那里面盛着两只切开了的仔鸡，上面盖着凝结的冻儿。大家发现提篮里还有好些别的好东西：蛋糕、水果、甜食。这是羊脂球预备的三天的食物，在这些食物包裹之间还露出四只酒瓶的颈子。她取了仔鸡的一只翅膀斯文地就着小面包吃，小面包就是在诺曼底被人叫作“摄政王”的那种。

香味散开，大家的目光都聚集过来了。它增强了所有人的嗅觉，使他们嘴里分泌出大量的口水，而同时腮骨的底下一阵疼痛地收缩。那几个贵妇人此刻更加强烈地蔑视这个妓女了，恨不得她立刻死掉，或者把她连着银杯子和提篮以及种种食品都扔到车子底下的雪里去。

鸟老板正在目不转睛地盯着那只盛仔鸡的罐子，他说：

咬文嚼字

目不转睛：不转眼珠地（看），形容注意力集中。

“太好了，这位夫人考虑得真是周到极了，有人天生就什么都能想到。”羊脂球抬头对他说：“先生，您要吃点儿吗？从早上到现在什么东西也没吃，一定饿坏了吧？”他欠一欠身子说：“说实话，我很乐意接受你的邀请，我再也受不住了。到什么时候说什么话，是吧，夫人？”然后，他用眼睛向周围扫了一圈接着说，“现在这种情形下，有人能帮忙是很快活的。”为了不弄脏裤子，他打开一张报纸铺在两只膝盖上，又从口袋里取出一柄永不离身的小刀，他用刀尖挑着一只满是亮晶晶胶冻的鸡腿，用牙齿把它咬开，满心欢喜地咀嚼起来；嚼得那么津津有味，这在车里引起了一阵失望的长叹。

而羊脂球用甜美恭敬的声音请两个嬷嬷也来一起进餐，这两位马上就接受了邀请，草草谢过羊脂球后，就很快吃了起来。同时高尔奴代也接受了身边这位旅伴的邀请，他和两个嬷嬷在膝头上展开好些报纸，拼成了一张桌子。

这几张嘴不停地张张合合，如狼似虎地咀嚼着。坐在角上的鸟老板吃得好不痛快，同时低声劝他的妻子也照着他的样子做。一开始她是拒绝的，但随着肚子不断地抽搐，她终于答应了。于是，她丈夫便礼貌地去请教他们的“旅行良伴”能不能允许他取一小块儿转给鸟夫人，羊脂球带着和蔼的微笑说：“当然可以了，先生。”接着她就托起

名师指津

这里运用了比喻的修辞手法，形象地表现出众人饥饿的状态，也反映出羊脂球心地非常善良。

了那只罐子。

在第一瓶葡萄酒的塞子被打开的时候，发生了一件尴尬的事：酒杯只有一只。好在一个人喝完以后可以经过拂拭再传给第二个人，只有高尔奴代偏偏用嘴唇去接触羊脂球唇迹未干的地方，这无疑是在献媚。

这时候，卜来韦伯爵夫妇和迦来－辣马东夫妇，受到

这些吃喝着的人们的围绕又被食品散发出来的香味弄得呼吸急促，他们所遭受的简直就是“坦塔罗斯的苦难”。忽然间，那个棉纺厂厂主的年轻太太发出了一声使得好些人回头来望的叹息，只见她脸色白得和外面的雪一样，眼睛闭上了，额头低下了，她失去了知觉。她丈夫吓得不知所措，恳求大家援救。那个年长一些的嬷嬷扶着病人的头，把羊脂球的酒杯塞到病人的嘴唇缝里，给她灌了几滴葡萄酒，这下子，漂亮的贵妇人动弹了，微笑着睁开了眼睛，并用一种生命垂危者的声音说自己现在觉得舒服多了。但嬷嬷为了不让她再发病，又强迫她喝了一满杯葡萄酒，而且还说道：“这只是因为饿极了，没有旁的。”

咬文嚼字

知觉：①反映客观事物的整体形象和表面联系的心理过程。知觉是在感觉的基础上形成的，比感觉复杂、完整。②感觉。

这时，羊脂球为难了起来，并因此脸上泛起了一阵红晕，她望着这四个始终空着肚子的男女旅客吞吞吐吐地说：“老天，我真想请这两位先生和这两位夫人也……”说到这里，她因为担心引起麻烦便就此打住了，鸟老板发言了：“毋庸置疑，在这样的情况下，大家互相帮助是应该的。夫人们，不必客套了，请赶紧接受吧！我们不知道是否还找得着一间屋子过夜，照这样的走法是不可能在明天中午以前到多忒的。”他们还在犹豫，没人敢说一声：“可以。”

这时伯爵挺身而出了，他转过身来对着这个胆怯的胖姑娘，用他那种世家子弟的雍容大度对她说道：“夫人，我们得用感恩的心来接受您的邀请。”

事情只要迈出第一步就好多了，第一关一过，大家就毫不客气了。提篮里的东西都被搬出来了。篮子里还盛着一份鹅肝冻，一份云雀冻，一份熏牛舌，好些克拉萨因的梨子，一方主教桥镇出产的甜面包，细巧的甜食和一缸醋泡乳香瓜和圆葱头。像很多的妇人一样，羊脂球也最爱吃生的蔬菜。

吃了这个姑娘的东西不和她说话显然有些说不过去，所以大家开始聊天了，起初，姿态是慎重的，随后，因为羊脂球的态度很好，大家也就随便多了。卜来韦和迦来－辣马东两位夫人本来都很善于交际，现在都显出和颜悦色的样子，尤其是伯爵夫人，她那种高贵和蔼的神态更让她显得娇媚起来。不过那个高大的鸟夫人一直怀着保安警察的心理，所以仍旧是顽固不化，话说得少而东西吃得多。

战事自然是大家谈论的话题。当说到普鲁士人的种种恶劣的行为，法国人种种英勇的行动时，这些逃跑的人对于他人的勇气都表示尊敬不已。很快大家就开始谈起个人的经历了，羊脂球带着一种真正的愤慨，那是姑娘们在表达怒气的时候才使用的激烈言辞，叙述着自己是如何离开鲁昂的：“起初我以为自己还能待在那里，吃的东西家里到

名师指津

从这句话可以看出，尽管这些人在逃避战争，但是他们非常欣赏勇于反抗的人，说明他们心中也有抗争的精神。

处都有，我宁愿养几个兵士，也决不离开家乡跑到旁的地方去。不过等到我看见了那些家伙，那些普鲁士人，我就改变主意了。他们使我满肚子全是怒气，为此我哭了一天，哈！如果我是个男人的话，我就到前线去！我从窗子里望着那些戴着尖顶铁盔的肥猪，我的女佣为了不让我把桌子椅子扔到他们的脊梁上，使劲儿抓住我的手。随后又有几个要住到我家里，那时候，我扑到了其中一个的脖子上，掐死他并不比掐死其他的人难。倘若没有人抓着我的头发，我是可以杀死那个人的。实在没办法，我不得不躲起来，最后，我找着机会就动身了，所以现在我在这儿。"

她的行为被大家好一阵称赞，在这些表现得没有那么勇敢的旅伴的中间，她的地位提高了。高尔奴代静静地听着，保持着一种心悦诚服者的赞叹和亲切的微笑，甚至于就像一个教士听见一个信徒赞美上帝，因为爱国是这些留着长胡子的民主党人的专卖品，就像宗教是那些穿长袍的教士们的专卖品一样。他用一种理论家的语调开始了他的发言，用那种从贴在墙上的宣言里学来的语句，发言的最后，他用威严的态度攻击了那个"流氓样的巴丹盖"。

咬文嚼字

心悦诚服：诚心诚意地佩服或服从。

然而，羊脂球是崇拜拿破仑皇帝的，所以她立刻生气了，她的脸蛋儿涨得就像一颗红樱桃，嘶着嘴巴："我很想知道当你们坐在他的位子上时会怎么样，那可就不知是什么样了！因为这次是你们出卖了他，这个人！倘若人们被你们这样胡作非为的人统治，那么他们只好都离开法国了！”高尔奴代仍然泰然自若，那种高高在上的轻蔑微笑始终挂在他的脸上，不过大家觉得他好像要开始骂街了。这时候，伯爵插入中间，费着劲儿安慰那个怒气冲天的“姑娘”，用权威的态度声言一切诚实的见解都是应该被敬重的。伯爵夫人和棉纺厂厂主夫人素来对共和国怀着一种正派人士的无理由的憎恨，以及对于神气活现实行专制的政府而抱有着天然爱惜，所以她们都不由自主地倾向于这个难能可贵的妓女，并觉得她可爱了：她的情感和她们的真的很相像。

咬文嚼字

泰然自若：形容镇定，毫不在意的样子。

篮子空了，十个人不用费事就吃空了它，同时还觉得它实在太小了。谈话又继续了一会儿，不过自从吃完东西以后局面就多少冷了一些。

夜幕降临，黑暗逐渐开始笼罩大地，羊脂球尽管身体肥胖，寒气也使她不停地发抖。于是卜来韦夫人把自己的袖珍手炉送给她用，那里边的炭从早上到现在已经换了好几回，羊脂球立刻接受了这种好意，她的脚这时冻得有些麻木了。迦来－辣马东夫人和鸟夫人也把她俩的借给了两个嬷嬷。

名师指津

羊脂球用自己的行动感动了卜来韦夫人，很快得到了回报。

车夫这时把风灯点了起来，明亮的灯光闪烁着，照出

辕马臀部的汗气不断飘浮着，大路两边的雪仿佛在移动的亮光底下伸展。

车子里一片昏暗，什么也看不出来，但鸟老板的眼睛在暗中窥探着，他相信自己看见羊脂球和高尔奴代之间突地一动，那个大胡子紧接着就向旁一偏，好像挨了个不声不响的结实的一拳。

星星点点的灯火出现在了前面的大路上，多忒镇已经到了。他们走了十一个小时，再加上牲口在路上吃了四次草料休息了两小时，一共就是十三个小时了。车子在镇上的商务旅馆门口停下了。

咬文嚼字

心惊胆战：形容非常害怕。

车门打开之后，一阵熟悉的声音令大家一阵心惊胆战：那正是军刀鞘子不断撞击路面的声音，紧跟着是一个德国人的高声叫喊。

没有人从车子里下来，好像他们一下车就会被屠杀似的。这时候，赶车的出面了，他从车外取下一盏风灯拿着向车里一照，立刻照明了车子内部那两行神色张皇的脸，因为惊惧交集，眼睛都是睁大的，嘴巴全是张开的。

车夫旁边，站着一个德军军官，那是个瘦高个儿的青年人，发色金黄，军服紧紧地缚着他的腰身，仿佛是一个女孩子缚着腰甲，平顶的漆皮军帽歪歪地偏向一边，那样子看起来很像一家英国旅馆里的侍役。两撇特别长的髭须直挺挺地翘着，不断地向上收束，最后只有一些金黄色的毫毛，好像正在他的嘴角压着，牵着他的腮帮子，在嘴唇上印出一道下坠的褶痕。

他操着一口阿尔萨斯口音的法语，用生硬的语气说：“先生们和夫人们，请下车！”

两个嬷嬷用她们那种惯有的顺从态度首先表示了服从，伯爵夫妇也跟着下来了，棉纺厂厂长夫妇跟在他们后边，然后是鸟老板推着他那个高大的太太在他前面走，他的一只脚刚着地，就小心翼翼地对军官说：“先生您好。”而那个高傲的人望着鸟老板没有答话。

咬文嚼字

顺从：依照别人的意思，不违背，不反抗。

坐在门口的羊脂球和高尔奴代却在最后才下车，在敌人面前他们显得又稳重又高傲。胖姑娘极力让自己镇定下来，使自己显得平静些，民主朋友用略略发抖的手捋着自己的红色大胡子，很有点儿悲剧意味。他和她都明白此刻每一个人多少代表着祖国，因此都尽量保持一种庄严的态度，并且他们都为同行旅伴的软弱感到气愤，所以羊脂球极力显出自己比那些爱惜名誉的妇人更有自尊。而高尔奴代，认为自己有责任，在整个态度上继续他那种已经由破坏大路上所开始了的抗敌任务。

大家来到旅馆宽大的厨房里了，德国人让他们出示了

那份由总司令签了名的出境证，上面记载着每一个旅客的姓名、年龄、相貌和职业，他把这伙人打量了很久，反复把他们本人和书面记载来做比较。

随后他突然说道："没什么大问题。"接着便走开了。

这会儿大家都稍微放松了些，因为都还没吃晚饭，就叫旅馆预备宵夜。晚饭得半小时以后才能开始，于是趁着这个时候，旅客们去看房间了。房间都在一条长的走廊里，尽头有一扇玻璃门写着代表厕所的符号。

当大家终于坐下来吃饭的时候，旅馆的掌柜亲自走出来。他原本是个马贩子，后来改了行。他是个有气喘病的胖子，喉咙里不停地呼啸着、发哑、带着痰响。他父亲传给他的姓氏是伏郎卫。他问道："艾丽萨贝特·鲁西小姐是哪位？"

咬文嚼字

呼啸：发出高而长的声音。

羊脂球吃惊地转过头来回答："我是。"

"小姐，普鲁士军官想马上见到您。"

"想见我吗？"

"是呀，如果您就是艾丽萨贝特·鲁西小姐。"

她摸不着头脑了，思索了一下，随后爽利地说："这是可能的，不过我不会去。"

她的话立即引起周围一阵骚动，大家都在猜测究竟是怎么回事，伯爵走近她跟前说："夫人，您拒绝的话可能会引起种种麻烦，不仅对于您自己，作为您的同伴我想也一定会受到牵连。人从来不应当和最强的人作对。他这种举动确实不能引起任何危险，一定是遗漏了什么手续。”

所有的人都有着和伯爵一致的意见，他们央求她，催促她，不停地劝告她，最终说服了她，因为谁都害怕由于她不去而可能带来的种种麻烦。最后她说：“为了大家我才决定这么做。”

名师指津

从这句话可以看出，羊脂球是一个善良的人。为了大家考虑，她宁愿牺牲自己，自己承受委屈。

伯爵夫人握着她的手：“我们得谢谢您。”她出去了，大家等着她回来吃饭。

因为没能像这个性情暴躁的姑娘一样被人传唤，大家开始焦急起来，并且暗自预先想好一些老生常谈，好在自己被传唤时应付。

十分钟以后，羊脂球回来了，脸上泛着红晕，显然很生气，喘得连话都说不出，她嘶着嘴说道：“哈，浑蛋！浑蛋！”大家都急切地想知道到底发生了什么事，但是她什么也不说，经伯爵反复追问，她才用一种十分庄严的神气说道：“我不能说，这和诸位毫无关联。”

大家围着一个高大的汤罐坐下了，里面散发出一阵卷心白菜的香味来。尽管他们受了惊吓，但这顿晚餐却是快乐的。苹果酒的味道不错，为了省钱，鸟家夫妇和两个嬷嬷都喝着它，其余的人喝的都是葡萄酒。高尔奴代叫的是

啤酒，他有一套特别的方式去开酒瓶，去让酒吐出泡沫，歪着杯子去细看，然后就举在自己和灯光的中间去玩赏它的颜色。在他喝的时候，他胡子的颜色与他所选的饮料的颜色是一样的，现在似乎是由于受到爱抚而颤抖起来，他斜着眼睛盯着他的酒杯，似乎这是他应尽的职责一样。浅颜色啤酒和革命，是他毕生的两大癖好。其实他心里想使这两件癖好能够彼此接近，并且能够彼此交融如同水乳似的，因为他确实不能尝着这一件的滋味而不念及另一件。伏郎卫夫妇都坐在桌子的另一头吃东西，伏郎卫先生像一个坏了的火车头似的喘着，这种状况使他无法在吃

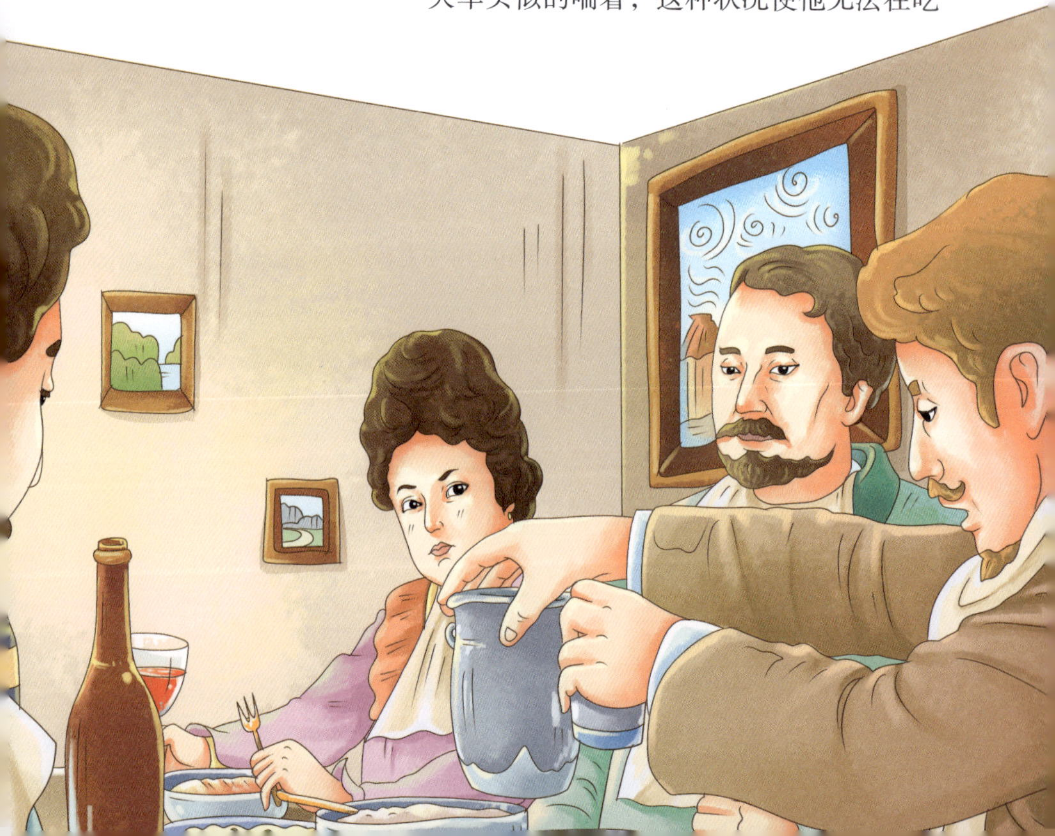

饭的时候谈天，但是他太太却好像总有说不完的话。她讲起普鲁士人刚来时的种种情景，她咒骂他们，首先因为他们让她花了很多钱，其次，因为她有两个儿子从军去了。她特别喜欢与伯爵夫人谈天，因为和一个有地位的夫人谈天让她觉得荣幸之至。

咬文嚼字

咒骂：用恶毒的话骂。

就在她压低声音来说那些微妙的事时，她丈夫阻止她：“伏郎卫夫人，你不开口会更好些。”

但她好像没有听到一样，依然继续说下去：“对啊，夫人，那些人不吃别的东西，除了马铃薯和猪肉，还是猪肉和马铃薯。所以千万别相信他们都是清洁的。哈，简直不成！毫不客气地说，他们四处随意拉撒。您看见他们整天整天地操演哟，他们就在那边的一片地里，向前进，向后退，向这边转，向那边转。如果叫他们去种地，或者修路，那也不错啊！可并不是那样，夫人，这些军人对谁都没好处。

英语学习馆

重点词语： 旅馆：hotel [həʊ'tel]；

危险：danger ['deɪndʒə(r)]；

革命：revolution [ˌrevə'luːʃn]

相关词组： 旅馆的房间：hotel rooms；

危险工作津贴：danger money；

社会主义革命：a socialist revolution

是不是应当由可怜的百姓养活他们，就让他们只去屠杀！我自己不过是一个没有受过教育的老妇人，但当我看到他们每天早上就那么踏来踏去时，就暗自想了，这个世上有那么多人追求有益的发明，但还有好多人却费尽心机害人。真的，难道杀人不是一件令人憎恶的事？不管是普鲁士人、英国人、波兰人，还是法国人。别人损害了你，你就报复，这是不对的，所以你要受法律制裁；但是如果有人把我们的孩子当作野味一般开枪去围剿，竟然有人把勋章赏给那些最会摧毁我们孩子的人，那就对了吗？这又有什么道理呢？不成，您看这是怎么回事，我简直弄不懂！”

名师指津

这句话表达了伏郎卫夫人对普鲁士军人的反感，以及她对杀人行为的憎恶。运用反问的手法，使得感情表达得更加深切。

高尔奴代大声说道：“在一个爱好和平的国家里掀起战争是一种极其野蛮的行为。而保卫自己的祖国，是一种神圣义务。”

老妇人低着头说：“对呀，保卫自己的祖国那是一回事，但是难道不应当杀绝那些用打仗来寻乐的帝王吗？”

高尔奴代的双眼放射出火一样的目光。“女公民，说得真是太好了！”他说。

迦来－辣马东先生沉思起来，他对那些著名的将官很迷信，然而这个乡下老妇人的话却引起了他的思考：这么多的人无所事事，这些人若是一起努力的话可以造就一个

咬文嚼字

无所事事：没有什么事可做，指闲着什么事也不干。

何等繁荣的国家啊！这么多的被人废置不用的劳动力，假如用在大规模的工业上真得要好几百年才用得完。

这时，鸟老板走到旅馆掌柜身边低声和他交谈着什么。那胖子笑着、咳嗽着、吐着痰，他的大肚子由于身边那个人的诙谐而快乐得一起一伏，原来他向鸟先生买进了六大桶的红葡萄酒，明年春天等普鲁士人走了以后再收货。

晚饭过后，因为大家都太累了，所以都去休息了。鸟老板却发现了一件事，他让妻子先睡了，自己贴着门上的锁眼往外看，一会儿又贴着耳朵向外听，他不停地这样做着，就是想要发现他所谓的“走廊里的秘密”。

他就这样来回折腾了将近一个小时，终于听见了一阵窸窸窣窣的声音，于是赶忙去望，终于望见了羊脂球。她披的是一件滚着白花边的蓝色山羊毛的睡袍，他觉得她比白天还更丰满一点儿。她拿着烛台，向走廊尽头那间大屋子走去，旁边的门也被打开了，等到羊脂球在几分钟以后过来，高尔奴代已经跟在她后面了，他连坎肩都没有穿，只看见他的衬衣上背着一条背带。他们正低声交谈着，随后又都停着不动。羊脂球似乎毅然决然地把守住了自己的房门。可惜鸟老板听不见他们说些什么，最后，他们的声音高起来了，他才终于听见了几句。高尔奴代急切地央求着，他说：“这个在您看来算什么呢？您为什么想不通呢？”

咬文嚼字

走廊：①屋檐下高出平地的走道，或房屋之间有顶的走道。②比喻连接两个较大地区的狭长地带。

她有些生气了，回答道："不成，我的朋友，有些事情这时候是不能做的，此时此地，那是件很不光彩的事。"

很明显高尔奴代没有听懂，就问为什么这么说。听他这么问她简直气坏了，便提高了音调："为什么？您不明白为什么？这时候，有好些普鲁士人在旅馆里，可能就在隔壁房子里，不懂吗？"

名师指津

羊脂球的表现感染了高尔奴代，他的爱国之心受到了触动，从侧面刻画出羊脂球高尚、伟大的形象。

他不说话了。敌人在身旁，这个妓女便不愿接受男人的温存，这种爱国的廉耻心应该唤醒了高尔奴代正在衰弱的自尊心，因此他匆匆拥抱了她，就蹑手蹑脚地回到自己的屋子里去了。

鸟老板浑身好像是被火烧了似的，他离开了钥匙洞，在屋子里轻轻地一跳，然后戴上了棉布睡帽，揭开了那床盖着他妻子的粗硬身躯的被子，用一个拥抱弄醒了她，低声慢气地说："我的亲人儿，你可爱我？"

这时候，到处都安静极了。不久，不知道在什么方位，可能是在地下室或许是在阁楼，又响起了一阵有力的、单调的而有规律的鼾声，那是一种迟钝而且拖长的噪音还带有锅炉受着蒸汽压力一样的震动——伏郎卫先生睡着了。

咬文嚼字

鼾声：打呼噜的声音。

这行人决定要在第二天八点钟出发，于是大家都按时来到了厨房里，车顶上满是积雪，孤零零地停在院子当中，车夫也不见了。有人去找他了，但不管在马房里，在草料房里，还是在车房里都找不着。因此所有的男人都决定出门到镇上找一找。走到了镇上的广场，广场的尽头是礼拜堂，两旁矗立着许多矮房子，里面有好些普鲁士兵。他们看见的第一个士兵正给马铃薯削皮；第二个，离得较远的一个，正在洗刷理发店的店面；第三个是一个满脸的长胡子一直连到眼睛边的，他把一个正在哭的婴孩放在膝盖上摇着、吻着，以使他安静下来。有些乡下妇人——丈夫们都打仗去了——她们正指挥着那些顺从的战胜者去做他们应当做的工作，譬如劈柴、给面包浇汤和磨咖啡之类。有一个士兵在替他的女房东——一位衰弱不堪的老婆子洗衣衫。

咬文嚼字

矗立：高耸地立着。

这让伯爵吃惊不已，于是便向正从神父的住宅里出来的教堂职员探听。那个靠礼拜堂吃饭的人回答道："噢！他们并没有那么凶，据说，那不是普鲁士人。他们都住在远一些的地方，我不太知道那是什么地方，他们也都把妻子儿女留在自己的家乡，打仗对于他们并不好玩，毫无疑问！在他们的家乡肯定会有人为这些人哭，而且打仗也同样会给他们造成一种困苦。因为他们都不做坏事，所以在这儿他们还没怎么吃苦头，还像在他们自己的家里一样做工。先生，由此可见，穷人真应当互相帮助……因为那些要打仗的都是大人物。"

名师指津

在战争中，没有赢家，无论对谁来说，战争带来的都是伤害，只会令参与战争的人及他们的家人遭受磨难。

高尔奴代很气愤这种在战胜者和战败者之间成立的真挚团结，他想马上回到旅馆里去，因此就抽身走了。

鸟老板打趣道："他们正在补充人口。"

迦来－辣马东说了一句庄重的话："他们那是在补救。"不过他们仍然没有找到车夫。末了才在镇上的咖啡馆找着了他，他正和普鲁士军官的勤务兵坐在一张桌子旁，看起来他们就像是一家人。

伯爵向他质问道："不是曾经吩咐您八点钟套车吗？"

"是的，可又有人对我做了另外的吩咐。"

"什么吩咐？"

“不用套车。”

“这是谁吩咐您的？”

“还能有谁，普鲁士营长。”

“为什么？”

“我一无所知，请您去问他吧，他禁止我套车，我呢，就不套，事情就是这样。”

“是他本人对您说的？”

“不是，先生，是旅馆掌柜替他向我传的命令。”

“在什么时候？”

“昨天夜晚我正要睡的时候。”

于是三个人忧心忡忡地回到了旅馆。

他们去找伏郎卫先生，然而女佣的答复是先生由于有气喘病从来不在十点钟以前起床，并且他明确地禁止旁人在十点钟以前唤醒他。

他们想去见普鲁士军官，但那是不可能的，即便他本来就住在这旅馆里。对于民间的事，他只允许伏郎卫先生向他说话。于是，他们只能等着。女客则回到各自的卧房里，忙着做些琐碎的事。

高尔奴代坐在厨房里那座高大壁炉前，炉火很旺。他叫人从旅馆的咖啡座内搬来了一张小桌子，又要了一罐啤酒，然后他抽着他的烟斗，他的烟斗，在民主界中是几乎受到和他本人相等的尊敬的，似乎它为高尔奴代服务就是为祖国服务一般。那是一支熏得很透的海泡石烟斗，它就像它主人的牙齿那么黑，不过是香喷喷的、弯弯的、有光彩的，和他的手很亲密；有了这个烟斗让他看起来很有精神。抽着抽着，他停了下来，眼睛时而望着壁炉里的火，时而盯着那层盖在他酒杯里的泡沫，他每喝过一口，就吸着那些粘在髭须上的泡沫，同时得意地伸起几根瘦长的手指，抓弄自己那又脏又乱的头发。

鸟老板借口要活动一下腿脚，走出去向镇上卖酒的小

咬文嚼字

忧心忡忡：形容忧愁不安的样子。

烟斗：吸烟用具，多用坚硬的木头制成，一头装烟叶，一头衔在嘴里吸。

商人推销了一些酒。伯爵和棉纺厂厂长开始谈政治，他们预测着国家的前途。一个相信要倚仗奥尔良党人，另一个却相信一个陌生的救国者，那是一个在绝望时刻现身力挽狂澜的英雄：可能是盖克阑，可能是茵·达克，也可能是拿破仑一世。哈！如果皇子的年纪再大一些该有多好啊！高尔奴代一面静听这类的话，一面用懂得命运之说者的样子微笑。

咬文嚼字

力挽狂澜(lán)：比喻尽力挽回险恶的局势。

十点以后，伏郎卫先生出来了。于是就有人来询问他，但他只是把这样一句话重复了两三遍："军官对我说过，'伏郎卫先生，您要禁止明天有人替那些旅客套车，我不愿意他们没有我的吩咐就动身走。'事情就是这样，大家都明白了吧！"

如此一来，他们想去见普鲁士军官了，伯爵叫人把自己的名片送给他，迦来－辣马东把自己的姓名和一切头衔都添在伯爵的名片上。普鲁士人叫人传话，说他允许这两位先生来和他说话，但是要等他吃过午饭，就是说要等到一点多的时候。尽管大家心绪不安，但当女客们都出来后，都多少吃了一点儿午饭。羊脂球好像生了病，显得异常不安。

就在大家刚喝完咖啡的时候，普鲁士军官的勤务兵来请这两位先生过去。

鸟老板也和这两位一起去了，他们本打算拉高尔奴代

同去，以便增强一下气势。但是高尔奴代高傲地宣称自己从不愿和德国人发生任何关系，接着他叫了一罐啤酒又坐回到壁炉边去了。

三个男人被带到了旅馆那间最讲究的屋子里，军官就在这里接见他们。军官躺在一张太师椅中，双脚高高地翘在壁炉上，嘴里吸着一支瓷烟斗，身上裹着一件颜色耀眼的睡衣——这肯定是从庸俗的有产阶级那里抢来的。他没有站起来，不和他们打招呼，甚至都不看他们一眼，他是那种天生下流派头的得胜武夫的绝好活标本。

很快，他用德国人的口音说着法语问道："你们有什么事吗？"

"我们想要动身，先生。"伯爵发言了。

"那是不可以的。"

"能给我们一个合理的理由吗？"

"因为我不愿意。"

"先生，我恭恭敬敬地请您检查您的总司令发给我们的护照，那上面是允许我们动身到吉艾卜去的，我想不起我们做了什么事情要受您的严厉惩罚。"

"我不愿意，没有其他的，现在你们可以离开了。"

三个人只好躬身告退。

事情看起来很糟糕，这个德国人的坏脾气，谁也搞不

咬文嚼字

脾气：①性情。②容易发怒的性情；急躁的情绪。

懂，各种各样异样的想法搅得他们头脑发昏了。他们全体都坐在厨房里，为想出的好些虚构的原因争论不休。这个军官大概要留住他们做人质，然而目的何在？或者拘留他们当俘虏？或者多半还是想向他们要一笔可观的赎金吧？想到这一层，他们吓得快疯了。那些最有钱的都是害怕得最厉害的，他们有的是满盛着金币的钱包，他们仿佛已经看见自己受到逼迫，要把那些钱交到这个倨傲的军官的手里，来赎买自己的性命。于是他们挖空心思去寻觅种种合乎情理的谎言，来隐藏他们的财富，去把自己装得贫穷，鸟老板甚至藏起了自己那条金表链。降临的夜色增加了他们的种种恐慌。灯点好了，这时候，离吃饭还有两小时，鸟太太就提议拿纸牌斗一局“三十一点”，那可是散心的事，大家同意了。高尔奴代也来参加了，出于礼貌，他事前弄熄了他的烟斗。

咬文嚼字

倨傲：骄傲；傲慢。

牌是伯爵洗的，羊脂球一下就抓着了三十一点，不久，大家内心的畏惧随着牌局的进行而渐渐降低了。

快要开饭时，伏郎卫先生又露面了，他用那种带着痰响的嗓音高声说道：“普鲁士军官要人来问艾丽萨贝特·鲁西小姐是否已经改变她的主意。”

羊脂球站着不动，脸色是很苍白的，接着突然变成了深红，她由于盛怒而呼吸急促，这一度让她连话都说不出

咬文嚼字

肮脏：①脏；不干净。②（思想、行为等）卑鄙、丑恶。

来。最后，她说："请您转告那个下流肮脏的普鲁士东西，那个死尸，说我永远不愿意，您听清楚，我永远不！永远不！永远不！"

胖掌柜出去后，羊脂球被众人包围了起来，被人询问，被人央求，所有的人都想知道普鲁士军官到底跟她谈了些什么。她一开始是完全不想说的，不过没有多久，盛怒就让她情不自禁，她叫唤道："他要的？他要的？他要的是

和我睡觉！”谁也不觉得这句话刺耳，因为大家都很气愤，高尔奴代把酒杯往桌子上猛地一放，竟然把它摔碎了。那是大声斥责这个卑劣丘八的一种公愤、一种怒潮、一种为了抵抗的全体结合，好像那丘八向她身上强迫的这种牺牲就是向每一个人要求一部分似的。伯爵愤怒地呵斥那些家伙的品行简直像古代的野蛮人，特别是那些妇人对于羊脂球都显出一种有力的、爱抚性的怜惜。两个嬷嬷本来是只在吃饭的时候才出来的，一直低着头什么也不说。

这阵愤怒平息了之后，他们便吃了晚饭，然而话却说得不多，大家都在想着心事。

女客们很早就回去了，男人们抽着雪茄，计划组织另外一种比较具有赌博性的牌局，并邀请伏郎卫先生参加，他们以为这样就可以巧妙地向掌柜询问怎样去制服普鲁士军官。不过掌柜只注意自己的牌，别的什么都不管，只是不断地重复说道：“打牌吧，先生们，打牌吧。”他思虑紧张得连吐痰都忘了，使得痰在胸脯里不时装上了好些延音符，他的肺叶是呼啸着的，发出气喘症的全部音阶，从那些低而深的音符到小雄鸡勉强啼唱的尖锐而发哑的声音都是无一不备的。

掌柜的妻子困极了，于是来叫他回去睡觉，他竟拒绝上楼去。于是她独自走了，因为她是“值早班的”，素来

和太阳一同起身，而她丈夫却是“值晚班的”，这是他向来的习惯。“你要把我的蛋黄甜羹搁在火边热着。”他说完又开始打牌了，大家见无法从他那里打听到一点儿消息，就宣布散局，各自上床睡觉去了。

咬文嚼字

忐忑：心神不定。

第三天，大家仍旧早起，但心里却仍然是忐忑不安的，想动身的欲望也更迫切，因为在这个很可怕的乡村客店过日子实在令人恐慌。事情仍然是不妙的，牲口全系在马房里，始终不见车夫的影子，因为无事可做，他们绕着车子兜圈子。

这顿午饭吃得很沉闷。好像过了一个宁静的夜晚之后，有一种冷落气氛针对着羊脂球发生了，大家似乎一下子改变了看法似的。他们现在几乎怨恨这个姑娘了，她为什么没有偷偷地去找普鲁士人？假如找了，那一定会给他们带来意外的好消息。哪儿还有比这更简单的？并且谁会知道？她只需对军官说自己可怜同伴们，那就能够顾全自己的面子了。对她来说，这种事也算不了什么！

不过这些谁也没有说。

英语学习馆

重点词语：咖啡：coffee ['kɒfi]；烟斗：pipe [paɪp]；
天气：weather ['weðə(r)]

相关词组：速溶咖啡：instant coffee；
烟斗丝：pipe tobacco；炎热的天气：hot weather

就在他们焦躁不安的时候，伯爵提议大家到镇外去散步，每一个人都细心地穿了衣裳，于是这个小团体就出发了，只有高尔奴代是例外，他宁愿待在火旁边，至于两个嬷嬷，她们的白天时间都是在礼拜堂或者神父家里度过的。

天气越来越冷了，寒气好像针刺一样严酷地扎着鼻子和耳朵，大家的脚都很痛苦，每走一步就要疼一下。后来走到了镇外，白茫茫的田野，越发让人觉得凄凉，于是他们立刻掉转回来了，心是冰凉的，心房是紧缩的。

咬文嚼字

凄凉：①寂寞冷落（多形容环境或景物）。②凄惨。

四个妇人走在前面，三个男人跟在后边，稍微拉开了点儿距离。

鸟老板是最了解情况的，忽然问道这个“婊子”是否想叫他们在这样一个怪地方再待些日子。伯爵始终是文雅的，说谁都不能强迫一个妇人去干这种事，而要让她出于自愿。迦来－辣马东先生注意到倘若法国军队像大家所怀疑的一样真从吉艾卜开过来反攻，那么只能在多忒接触。这种思虑使得另外两个男人更加不安了，“如果我们步行去逃难呢？”鸟老板说。伯爵耸着肩头说：“在这样的大雪里，您想这样办？而且还带着我们的家眷？然后我们立刻就会被人追，不过十分钟就会被人抓住，当俘虏一般牵着交给丘八们摆布。”这是很有道理的，于是大家都不说话了。

妇人们谈论着关于时装的话题，然而她们谈得似乎并

不热乎。

普鲁士军官忽然出现在了街尾，他走在一望无际的积雪上面，积雪映出了身着军服的高个儿蜂腰的侧影，他叉开双膝向前走，这种动作是军人们所独有的，那是为了不让那双上了蜡的马靴染上一点儿灰尘。

当他从几个贵妇人身边路过时，身子欠了欠，可是对几个男子却十分轻蔑地望了一眼；他们呢，都保持着尊严，连帽子都不摘，只有鸟老板做了一个像是去揭帽子的手势。

羊脂球的脸一直红到了耳朵，那三个贵妇则感到一种莫大的耻辱，原因是她们和妓女一起散步偏偏让军官遇见，而这个妓女又是那位军官如此野蛮地对待过的。

现在她们开始谈论军官了，谈到他的姿势和面貌。迦来－辣马东夫人本来认识很多军官，对鉴别军官很有眼力。她不觉得他有多坏；她甚至可惜他不是法国人，不然的话他可以做个很漂亮的轻骑兵军官，他会让所有的妇人都神魂颠倒。

回到旅馆后，大家都不知所措了，甚至遇到一些细微的事也说些尖酸的话。晚饭是静默和短促的，最后每一个人都希望利用睡觉去消磨时间，因此很快都上楼休息了。第四天，所有的人下楼时都是满腹心事、一脸愁容。妇人们已经不大和羊脂球谈天了。

名师指津

通过这句话，可以看出大家的心情都受到了极大的影响，即便是一点儿小事也会令大家大发脾气。

这时传来了一阵钟声，那是为了一场洗礼。胖姑娘本有一个孩子养在伊勿朵的农人家里，她一年都看不见他一回，并且从不对他记挂，但是现在她心里对自己的那个孩子动了一种突然而起的强烈思念，于是她不顾一切，要求参加这个仪式。

她出去之后，大家互相示意把椅子搬拢到一起，认为应该有个决断了。鸟老板主张向军官提议，只把羊脂球扣下来而让其余的人都走。伏郎卫先生负着这种使命上楼了，但他很快就又下来了，那是因为德国人知道他的意图是什么，所以把他撵出了

房门。德国军官声称如果他的欲望得不到满足，他将一直扣着这班旅客。

这使鸟夫人的市井下流脾气爆发了："我们会在这里等到死吗？既然和男人那么做是她的职业，这个贱货的职业，我认为她并没有权利来挑三拣四。我现在请教一下，在鲁昂她碰见谁就要谁，就是那些赶车的她也不放过。对呀，夫人，给州长赶车的！我很知道他，他常来我店里买酒喝。今天遇着要给我们解决困难，她倒装起正经了！……我呢，认为这个军官很正派很懂规矩，他也许很长时间没碰女人了，我们三个无疑比羊脂球更合他的胃口，但他却只对这个属于公共的女人情有独钟，他敬重有夫之妇呢。您想一下吧，他是这儿的主人，只需开口说一声'我要'，就可以在他部下的帮助下把我们强奸。"

咬文嚼字

挑三拣四：挑肥拣瘦。指挑选对自己有利的（含贬义）。

另外两个妇人也战栗了一下，漂亮的迦来－辣马东夫人的眼睛发光了，她的脸色有点儿苍白，仿佛觉得自己已经被军官强施无礼了。

男人们这时也都走了过来，鸟老板简直想把"这个贱东西"的手脚缚起来送给别人。但是出生于大使家庭，而且也具有一副外交家气派的伯爵主张用巧妙手腕，"应当叫她自己决定。"他说。

一场阴谋由此产生了。

那些妇人耳语了很久，各抒己见，毕竟那是很不合身份的，特别是为了说出最不顺口的事情，这些贵妇人以种种巧妙的口吻转折着。语言上戒备森严，局外人全然不懂。但是那层给上流妇人做掩护的薄薄的廉耻之感只蒙着表面，所以现在的她们简直是乐开了花，觉得正对她们的劲儿，把爱情和肉欲混在一块儿，仿佛一个馋嘴的厨子正给另一个人烹调肉汤一样。

故事到最后真叫人觉得滑稽，快乐的心情自然而然地包围了他们。伯爵用到了那些趣味略辛辣的诙谐，叙述之好直叫人发笑。轮到了鸟老板，他发挥了三五段比较生硬的猥亵之谈，大家也都不觉得难听。并且大家都同意了他妻子发表的意见，她说："既然那是这个姑娘的职业，为什么她要拒绝这一个人？"和蔼的迦来－辣马东夫人想象自己若是处于羊脂球的地位，那么宁可拒绝另外的人也不会拒绝这个德国军官的。

咬文嚼字

诙（huī）谐：说话有风趣，引人发笑。

他们像在准备攻打一座炮台似的做了详细而周密的计划。每一个人也都接受了自己将要扮演的角色，都非常明了自己将要倚仗的论据，也都接受了自己将要执行的任务。他们在打算如何去实施这个计划，种种可用的诡计和冲锋的奇袭，去强迫这座有生命的堡垒在固有的阵地接待敌人。

名师指津

此处运用了比喻的修辞手法，借此表现出想要说服羊脂球是非常困难的。一方面说明众人是自私的，另一方面说明羊脂球具有很强的自尊心。

唯一和这一次的事件无关的只有高尔奴代。大家的注意力如此集中，以至于没有听见羊脂球正走进来。伯爵轻轻地嘘了一声，所有人的眼睛都重新抬起了。她到跟前了，人们都突然不再发言，起初因为尴尬，大家都不好开口同她说话。伯爵夫人比其余的妇人更熟悉交际场中的两面派作风，她向羊脂球问道："那场洗礼有趣吗？"

咬文嚼字

沉浸：浸入水中，多比喻人处于某种气氛或思想活动中。

胖姑娘因为被宗教仪式感染，心灵还沉浸在洗礼现场的气氛中，于是她将洗礼仪式详述一遍，包括到场者的仪容以及礼拜堂的布局。她接着又说："祷告有时很有益处。"一直到晚饭为止，那些贵妇人都对她很客气，目的就是让她听从她们的劝告。

名师指津

众人的做法都是有目的的，他们都是为了劝说羊脂球答应普鲁士军官的要求，再次反映出他们的自私和无情。

一坐到饭桌上，大家就开始向胖姑娘套近乎，先是一通关于献身出力的泛泛议论。有人举出了好多古代的例子：从茹狄德和何洛斐伦扯到吕克蕾和塞克斯都斯，接着就是克娄巴特拉使得敌军将领们上过她的床以后全体都变成忠实的奴隶。接着，这几个不学无术而又家资百万的家伙就顺理成章地杜撰了罗马妇女在"布匿战争"中建立的丰功伟绩：罗马的女公民在迦布埃城投身汉尼拔及其部下的怀抱，用肉体征服了罗马最可怕的敌人。他们述及所有擒获了征服者的妇女们，说她们以自己的身体为一种战场，一种征服的方法，一种武器，她们用种种英雄式的爱抚击败

了很多丑恶的或者可鄙的敌人，并且牺牲自己的贞操用于复仇和报国。

他们甚至隐晦地提起英国那个名门闺秀使自己先去感染一种可怕的传染病再去传给拿破仑，幸而当时因为一阵突如其来的虚弱，使得被算计者在无可避免的约会时刻若有神助地躲了过去。

咬文嚼字

隐晦(huì)：（意思）模糊，不明显。

如此种种均以一种恰如其分而又委婉含蓄的方式表达，时不时还故意做出一种赞叹不已的姿态去激励对方。

最后，连劝说者们都相信了自己的这种断言，即：妇女们在人间的唯一任务，就是永久牺牲自己的身体，听从强横的武人的任意摆布。

两个嬷嬷像是什么也没有听见，完全坠入种种深邃的沉思当中了，羊脂球一言不发。整个下午，大家都听凭羊脂球去思索。然而本来一直称呼她“夫人”，此刻却简单地称呼她“小姐”了，无人知晓这是为什么，似乎她从前在评价当中爬到了某种地位，而此刻，人们都想把她从那种地位拉下一级似的，使她知晓自己的地位是不体面的。

晚饭时分，伏郎卫先生再次现身，口里重述着前一天的那句老话：“普鲁士军官要人来问艾丽萨贝特·鲁西小姐是否已经改变主意。”

名师指津

此处进行了语言描写，一方面反映出普鲁士军官的坚定，另一方面则反映出羊脂球是一个自尊自爱的人。

羊脂球干脆地回答："没有，先生。"

然而在饭桌上，同盟解体了。鸟老板说了三五句使人不大注意的话。人人都在搜肠刮肚找论据，但一无所获。此刻，伯爵夫人忽然灵机一动，想到可以从对天主教的尊敬入手，于是向那个年龄较大的嬷嬷问起圣徒们生活中的伟大事迹。没想到许多圣徒所行之事，而今看来都是犯了重罪的行为，但是只要那都是为了上帝的光荣或者为了人类的幸福，天主教会都不会处罚并都赦免了这类的罪恶。这些论据有力而无可驳斥，伯爵夫人顺势借来以为例证。如此一来，年老的嬷嬷就对阴谋提供了一种巨大的支援，这或许是一种任何披着道袍的人最拿手的暗献殷勤的默契，或许只是简单地出于一种凑巧的聪明的效力，一种可以受人利用的愚昧行为的效力。大家以为她胆小怕羞，哪知她现在显出的勇敢、善言、激烈代替了以前被公认的怯懦。她意志似铁，信仰坚定，决断如风。亚伯拉罕的牺牲在她看来异常简单，倘若上帝命令她弑父屠母，她也将毫无犹疑、雷厉风行地实现上帝的意愿。在她的见解里，只要居心可嘉，就绝无使上帝不快之事。伯爵夫人利用她这意料不到的同谋者的神权，如同根据这种道德公理做了一个注解似的说道："结局是判断方法的标准。"

接着她问嬷嬷了："嬷嬷，那么您认为上帝容许一切方法，只要动机纯洁，行为本身可以得到上帝的原谅是吗？"

咬文嚼字

怯懦：胆小怕事。

雷厉风行：像雷一样猛烈，像风一样快，形容执行政策法令等严格而迅速。也泛指做事情声势大而行动快。

“毫无疑问，夫人。自以为所行之事可鄙者，往往因本心纯良而获上帝的宽恕并得到公众的赞叹。”

二人就上帝的意志、决策展开了持续而又深入的讨论，将许多全不相干的事实强加在了上帝的意志之上。或许上帝能够宽恕她们这种本心纯良的行为，阿门！以上讨论均含蓄而又委婉，巧妙而又慎重，然而出自这个戴着尖角风帽的圣女口中的所有箴言善语，毫无疑问并且无一例外地损伤了那个出卖风情的女人的愤怒抵抗力。随后，话锋一转，修女谈到她会里的那些修道院，谈到她的院长，谈到她本人以及她那娇小的同伴汕尼塞傅尔嬷嬷，有人从勒阿弗尔找她们去看护各医院里的好几百个出天花的士兵。她详述那些可怜的人和他们身上可怕的病状，但是此刻她们却偏偏在路上被这个坏脾气的普鲁士人扣住而无法前往，因此有许多原本可能被她们救活的法国士兵都难免死亡！看护军人原是她本人的专长，她曾经到过克里米亚，到过意大利，到过奥地利。说起自己在那些地方的战场经历，她陡然一下表明自己是个听熟了铜鼓和喇叭的女修士，这类的修士都像是为了追踪战场，为了在战役的旋涡当中收容伤员而生到世上的，若是说到用一句话去控制那些不守纪律的老兵，她们的效果比一个长官来得大。这真是一个军队中的嬷嬷，她那张满是小窟窿的破了相的脸仿佛是战争种种破坏力的一个缩影。

咬文嚼字

宽恕：宽容饶恕。

名师指津

战争给人们带来的伤害都会在人的身体上有所反映，从一个人遭受的伤害，就能看到整个民族甚至整个国家遭受的重创。

她“表演”完毕，四下静默无声，达到了极佳的“舞台效果”。饭一吃完，人都很快地到楼上的卧房去了，第五天早上很晚才下来。

午饭安安静静地吃完了，对于前一天播下的种子，人们都留着时间让它发芽和结果。

伯爵夫人提议在午后去散步，因此伯爵按照商量好的那样挽着羊脂球的胳膊，并且和她都落在其他人的后面。

他对她说话的音调是亲切的，是有长辈意味的，略略带点轻蔑的，恰如爱摆谱儿的人对卖笑女子说话所用的。他叫她“我的好孩子”，纡尊降贵与她谈判，以无可置疑的名望与她谈判，他言辞犀利，直奔主题：“因此，这样一种献殷勤的事情原是您在生活当中常常遇见的，可您如今不愿接受，反而宁愿让我们留在这儿，莫非想让我们也像您自己一样，等普鲁士军队被打败以后，承受被他们强暴对待的危险？”

对此，羊脂球只字未答。

他用雍容的气度、理智的推敲、热烈的情感，竭尽全力争取她的信心。他知道保持“伯爵先生”的身份，并于必要时显出自己是讨欢心的，会颂扬的，总而言之是和蔼可亲的。他热烈地赞颂她可以为他们做出的牺牲，他们将对她感恩戴德、没齿不忘，随后他忽然愉悦地用表示亲密无间的“你”字称呼对她说：“你知道，我的亲爱的，那个普鲁士人以后可以夸口说自己尝到了一个漂亮姑娘，在他的国家里那真是不大好找的。”

羊脂球仍然一言不发，并且甩开伯爵赶到前面与大家同行。

一回到旅馆，她就上楼到自己的卧房里去再也不出来。对此，大家万分关注。她将要如何做？如果她选择抵抗，那该是多么糟糕啊！

晚饭铃响，大家眼巴巴地等候她的决断，后来伏郎卫先生进来报告鲁西小姐微感不适，各位可以用饭，大家都像是感到了威胁。伯爵走到旅馆掌柜跟前低声询问：“已经应诺了？”对方回答：“是的。”因为要含蓄，伯爵没说话，仅是对众人点头示意。顿时，人人气息长舒，各个喜形于色。鸟老板叫喊着：“大吉大利！掌柜的，香槟酒，我请客！”鸟老板此言一出，鸟夫人无比心疼。待到掌柜摆出四瓶香槟酒，人人笑逐颜开，各个高谈阔论，豪迈愉悦之情溢满每一个人的心房。伯爵觉得迦来-辣马东夫人是很娇媚的，棉纺厂厂长也称赞伯爵夫人。谈话轻松而又活泼，场面热烈而又庄重，人人都觉得无比欣喜。

咬文嚼字

应诺：答应；应承。

鸟老板脸上突然露出充满悬念的表情，他举起双臂高呼：“肃静！”大家顿时噤声，吃惊起来，几乎已经开始

恐慌了。此刻，他竖着耳朵伸手示意大家保持安静，仰面盯着天花板静听声息，最后他用自然平和的声音说道：“诸位请放心，一切顺利。”

名师指津

大家懂得了鸟老板的意思，他们一直悬着的心总算能够放下来了。他们只想着自己，从没想过羊脂球为了他们牺牲了自己。

大家一时不明白他的意思，然而很快大家就都面带微笑了。

一刻钟后，他重复了同样的滑稽相，并且后来屡屡如此，他装模作样地质问楼上的某人，并且给了他好些语含双关的劝告。时不时地，他佯装愁苦地哀叹道：“可怜的女孩子。”或者咬牙切齿愤怒不已地将斥责挤出牙缝，“普鲁士光棍，滚！”有时候大家都不再去想这件事，他就语带颤音地一遍遍说道：“够了！够了！”接着他好似自言自语似的，“只要我们还可以和她再见，就随他去吧，但愿这个无耻之徒不会要了她的命！”

这类低俗无聊的诙谐使人感到轻松而且又不得罪人，因为愤怒素来依赖环境而转移。此时危险已过，猥亵下流的思想开始在虚伪的人中酝酿并逐渐向着无耻的方向发展，

英语学习馆

重点词语：任务：task [tɑːsk]；武器：weapon ['wepən]；
主题：theme [θiːm]

相关词组：艰巨的任务：a formidable task；
致命武器：a deadly weapon；
主题音乐：theme music

而思想的聚焦点正是那个被洁净的奉献者奉上祭坛的不洁的羔羊。洁净的奉献者？不洁的羔羊？谁知道呢。

饭后甜食上来，妇人们说着聪明婉转而又审慎矜持的隐语。各个双目放光，一副饮酒后的醺然可掬样。起初，伯爵仍保持着他那种大人物沉着矜持、含蓄文雅的风仪，冷眼旁观、置身局外，然而此刻他却找着了一个颇具玩味的譬喻，说此情此景好似许多在北冰洋漂流的人喜逢冬去春来，并且又绝处逢生地发现了一条回归南方的坦途。

咬文嚼字

矜持：①庄重；严肃。②拘谨；拘束。

鸟老板开心地高举一杯香槟，站起身来说：“为我们的喜获解放，满饮一杯！”于是全体起立，欢声雷动。两个嬷嬷在贵妇人们的央求下神态勉强而又行动坚决地举杯沾唇，亲自尝试了一下泛着泡沫的香槟酒。她们扬声宣称这酒和柠檬汽水相差无几，或许教会“相差无几”的标准比较宽泛吧，毕竟香槟酒比柠檬汽水味道要好得多。

鸟老板简单地提出了应有的意见。

“真遗憾，这里要是有钢琴的话，就可以弹一首四人对舞的曲子了。”

高尔奴代始终一言不发，也没有任何手势，仿佛沉浸在一些无比严肃的思想里，偶尔用一个十分气愤的动作捋着自己的长胡子，好似想再将长胡子拉长一点儿似的。最后，在十二点左右，人群都要散去之时，鸟老板晃着身子摇摇摆摆，忽然一边拍着高尔奴代的肚子，一边结结巴巴地向

名师指津

从高尔奴代的表现可以看出，他并不愿意和其他人同流合污，在这群人中，只有他为羊脂球的遭遇感到同情。

他说："您不开开玩笑，今天晚上，您什么也不说吗，公民？"然而高尔奴代突然抬起了脑袋，用一阵亮得怕人的眼光向全体扫视了一周，他说："我说你们各位刚才都做了一件很可耻的事！"他说完站起来，走到门口又说了一遍"一件很可耻的事"，然后走了。

起初，高尔奴代的话好似兜头泼了大家一身凉水，鸟老板大吃一惊，呆住了，但是很快他就回过神来，突然弯腰笑道："葡萄酒太酸了，老朋友，葡萄酒太酸了。"此刻，人们都不明白他话中之意，然后他叙述了"走廊里的秘密"。秘密揭晓，大家顿时哄堂大笑，贵妇人们乐不可支，各个笑得像傻老太婆。伯爵和迦来-辣马东先生笑得泪水盈盈。对此，他们简直难以置信。

咬文嚼字

哄堂大笑：形容全屋子的人同时大笑。

"怎么！您信？他当初想……"

"我当时亲眼看到了。"

"不过被她拒绝了……"

"因为普鲁士人就住在旁边的屋子里。"

"不可能吧？"

"我向您发誓。"

伯爵透不过气来了，实业家用双手捧着肚子。鸟老板接着说道："各位明白了，所以今天晚上，他一点儿也笑不出来。"

三个人又笑起来，直笑得精疲力竭，呼吸困难。

大家就此散去。但是鸟夫人的性格是和荨麻一样的，在两夫妇刚刚躺下去的时候，她向丈夫指出了迦来－辣马东家那个娇小的坏东西整个晚上一直在苦笑：“你得知道，娘儿们爱上军汉，法国人也好，普鲁士人也罢，媚眼里看去全是一般。真够丢人的，我的上帝！”

名师指津

这不仅仅是一句环境描写，从中能够反映出羊脂球无奈、阴郁的心情。借景抒情的手法运用得恰到好处。

这一夜，一阵阵细微可闻的战栗声在黑暗的走廊里回荡着，如同是一阵阵的呼吸声、赤脚的触地声、无从捉摸的摩擦声一样轻柔。显而易见，这一夜无人早眠，因为散乱的光线从一扇扇紧闭房门的门底缝透过来。据说，香槟酒的的确确有着扰乱睡眠的效力。

第六天，明亮的冬日照耀在积雪上，使人一阵目眩。那辆终于套好了的长途马车在旅馆门外等着，一大群白鸽从它们厚而密的羽毛里伸着脑袋，亮出它们那种瞳孔乌黑的玫瑰色眼睛，稳重地在六匹牲口的脚底下散步，在牲口的热气腾腾的粪便中寻觅它们的营养物。

赶车的披上羊皮大衣，坐在车子头里的座位上安闲地衔着烟斗，人人喜笑颜开，急匆匆地命人打点着食品，以便路上食用。

所有人都等候羊脂球来了就开车。她终于出现了。

她神情忸怩不安，怯生生地迈步走向她的旅伴们，旅伴们却不约而同地侧开了身子，仿佛没有看见她一般。伯爵神态威严地挽着他妻子的胳膊，使她远远地避开那种不清洁的接触。

胖姑娘见状，顿时茫然失措，顿步不前，接着鼓起勇气，神情谦卑地轻声说道：“早安，夫人。”然后走到棉纺厂厂长夫人的近边，而棉纺厂厂长夫人却只用头部表示一个倨傲的招呼，同时还用一种失面子的人的眼光望着她。似乎人人都忙得不可开交，并且与她相隔甚远，好像她的裙子带来了一种肮脏。接着人们都赶到了车子跟前，她孤零零地站在末尾，悄无声息地上车，悄无声息地落座，并且再一次悄无声息地坐上了第一天路上坐过的那个悄无声息的座位。

咬文嚼字

谦卑：谦虚，不自高自大（多用于晚辈对长辈）。

仿佛她是透明的，人人都是一副看不见她、不认得她的神情；只有鸟夫人远远地怒目瞪着她，并且低声向她丈夫说：“幸好，我不用和她挤在同一张长凳上。”

那辆笨重的马车摇晃起来，旅行又开始了。

起初，无人言语，羊脂球不敢抬起头来。对于同车的旅伴，她怨愤不已，为自己先前屈从于这些人的意愿而倍感委屈，普鲁士人玷(diàn)污了她，但是逼迫她被普鲁士人玷污的却是这些虚伪的同车旅伴，他们用那些假仁假义的手段和花言巧语逼迫她违逆了自己的意愿。

名师指津

对于羊脂球来说，普鲁士军官对她的玷污只是身体上的，而旅伴们对她的玷污则是精神上的，这种屈辱更加让她接受不了。

不过，伯爵夫人偏过头来望着迦来－辣马东夫人，很快就打破了那种令人难堪的沉寂。

“我想您认得艾忒来尔夫人，对吧？”

“对呀，那是我女朋友当中的一个。”

“她多么娇媚哟！”

“真叫人爱哟！是一位真正出色的妙人儿，学识渊博，言语风趣，举手投足间风度翩翩，十指纤纤，尽显艺术家之风雅，歌声令人忘忧，绘画完美无瑕。”

棉纺厂厂长和伯爵谈着，在车上玻璃的震动喧闹当中偶然飞出来一两个名词：“息票——付款期限——票面超出额——期货。”

鸟老板从旅馆里偷了一副旧纸牌，这副历经沧桑的纸牌看上去油腻腻的，这得益于旅馆里那些擦得不干净的桌子，在那些桌子上经过五六年的摩擦，任何纸牌都会变得不惧水浸。此刻这副久经磨炼的纸牌正被鸟夫妇二人拿在手中，二人正津津有味地玩着一种名叫“倍西格”的纸牌游戏。

名师指津

用偷来的纸牌还能玩得“津津有味”，鸟老板夫妇二人的无耻程度可见一斑。通过这句话，能够想象出他们的丑陋嘴脸。

上帝的忠仆——两个嬷嬷在腰带上提起那串垂着的长念珠，一同在胸脯上画着十字，接着她们的嘴唇忽然开始活泼地微动起来，渐渐愈动愈快，催动她们的模糊喃喃声音好似为了一种祈祷的竞赛，后来她们不时吻着一方圣牌，重新再画十字，再动口念着。

坠入沉思中的高尔奴代静静地坐着，没有任何举动。

三小时后，鸟老板收起了纸牌，他说道：“饿了。”

于是他妻子摸出了一个纸包，纸包用绳子捆扎着，里

面包着一块冷牛仔肉。她把冷牛仔肉细细地切片，很快就切出了一堆整齐薄肉片，两口子随即动手吃起来。

“我们是不是也照样做。”伯爵夫人说，有人随声附和，然后她解开了那些食品，这是为两家而预备的。食品装在一只长形的陶盆里，盆子的盖上画有一只野兔，表示那里面盖着的是一份野兔，一份美味的冷食，看得见一些冻了

咬文嚼字

随声附和：别人说什么，自己跟着说什么，形容没有主见。

的猪油透在那种和其他肉末相混的棕色野味中间，好似许多雪白的溪涧。另外有一方用报纸裹着的漂亮的乳酪干，报纸上面印的“琐闻”的大字标题还在它的腴润的表面上保留得清清楚楚。

两个嬷嬷解开了一段蒜味儿很重的滚圆香肠，高尔奴代取出了四个熟鸡蛋和一段面包。他剥开鸡蛋，将蛋壳丢在脚下的麦秸里，他大口地嚼着面包就着熟鸡蛋，细碎的蛋黄末儿不停地落在他那堆长胡子里，看上去就像挂着点点的小星星。

羊脂球因为临行仓促，所以没有准备任何吃食。这会儿瞧着这些看也不看、问也不问自己就心安理得地大快朵颐的家伙，她气极了，气得呼吸急促、气息不畅。起初，一阵暴怒使得她肌肉痉挛，她想开口痛斥他们的凉薄行为，但是由于被愤怒扼住了喉咙，她几乎说不出话来。

名师指津

通过这段描述，可以看出羊脂球已经被气得说不出话来，由此可以反映出同行人的无耻。

没有人关注她，她觉得自己被淹没在了这些家伙的轻视中，这些爱惜名誉的混账东西的轻视中。先前，为了他们她做出了牺牲，而这些无耻的家伙转脸就忘了她的恩惠，把她弃之一边，好像扔掉一件肮脏的废物似的不再理会她。接着她想起她那只满是美味的提篮，那篮子里有两只胶冻鲜明的仔鸡、许多点心、许多梨子和四瓶波尔多的红葡萄酒，第一天就通通被他们吃得干干净净。最后，她的愤慨好像一根过度紧张的琴弦一下子断了似的忽然下降了，她觉得自己快要哭了。她以惊人的毅力努力着，竭尽全力地使自己镇定，就像孩子似的吞下自己的呜咽，然而眼泪禁不住溢出了眼眶，润湿了她的眼睑边缘。很快两滴热泪就从眼睛里往外流淌，慢慢地从面颊往下落，流得更迅速一些的眼泪又跟着来了，像一滴滴从岩石当中滤出的水，有规则地落到了她胸脯突出部分的曲线上。她直挺挺地坐着，目光呆滞，面色苍白，神情严肃，她尽力掩饰着，不想被这些无耻的家伙看见自己的失态。但是眼尖的伯爵夫人恰好瞧出来了，用一个手势通知了丈夫，他耸着肩膀似乎在说：您要怎么办，这不是我的过错。鸟夫人冷笑一声，一副取得胜利的神情，然后低声慢气地说："她为自己的耻辱而哭泣。"

上帝的忠仆——两个嬷嬷，用一张纸卷好了剩下的香肠，然后，又开始了那无休无止的祷告。希望上帝会宽恕她们那本心纯良的忘恩负义之举，阿门！

此时，高尔奴代正静待食物在胃囊里消化，他向对面

咬文嚼字

眼睑：眼睛周围能开闭的皮，边缘长着睫毛。眼睑和睫毛都有保护眼球的作用。通称眼皮。

忘恩负义：忘记别人对自己的恩情，做出对不起别人的事。

英语学习馆

重点词语： 朋友：friend [frend]；玻璃：glass [glɑːs]；竞赛：competition [ˌkɒmpəˈtɪʃn]

相关词组： 好友：a good friend；玻璃瓶：a glass bottle；音乐比赛：a music competition

的长凳底下伸长着双腿，仰着身子，叉着胳膊，好像一个人刚刚得到一件很滑稽的东西似的微笑着，接着他用口哨吹起了《马赛曲》。

立刻，每一张面孔都变得暗淡起来。显而易见，同车的人并不喜欢这首人民的军歌，一个个都显得非常不开心。他们都受到刺激了，如同猎犬听见了手摇风琴一般都像是要狂吠了。高尔奴代见状，越发来劲儿，口哨不停地吹，他甚至还时不时地轻轻哼唱起了歌词：

对祖国神圣的爱，

指引，支持我们复仇的臂膀，

自由，亲爱的自由，

和你的保卫者们一起战斗！

雪地比较坚硬，马车走得快了，在一直到吉艾卜的长时间闷闷不乐的旅行中，道路颠簸、夜幕降临，透过黑暗的驿车，他残酷地、固执地、不停地吹着他那复仇的单调曲子，迫使那些疲惫的、愤怒的人从头到尾听着这首歌，迫使他们记起每一节上的每句歌词。

羊脂球在哭泣，一直不停地哭泣，有时在黑暗中，在两段歌之间能听见一声她未能忍住的抽噎。

拓展阅读

名师点拨

迫于安危而出逃的羊脂球，却在中途被敌人扣留，并向她提出无耻要求。坚贞不屈的羊脂球在同胞的迫使下最终屈服，却在献身后遭到同胞的唾弃。满腔的悲愤最终化为泪水，那一声声的呜咽是对这些伪善的同胞们最严厉的鞭挞。这篇小说中，身份“低贱”的羊脂球和形形色色的上层人士形成了鲜明的对比，使得前者的形象更加纯洁神圣，后者更显无情无义、寡廉鲜耻。同时，小说也表达了这样一种思想：所谓的身份高低，并不能代表品质的贵贱。如羊脂球，虽为妓女，但她的心灵纯洁如通透的水晶。作者通过细节描写、语言锤炼与技巧配合，生动地描绘出一幅战时法国的社会图景，本篇不愧为“在思想性和艺术性上都堪称楷模的名篇”。

学习要点

反语：即通常所说的“说反话”，运用跟本意相反的词语来表达此意，却含有否定、讽刺以及嘲弄的意思，是一种带有强烈感情色彩的修辞方法。如本章中，“除此之外，还流传着许多关于鸟先

生的笑料和传言，这些都使得他名声大噪。”就是使用的反语，嘲讽鸟先生的贪婪与狡猾已到了众人皆知的地步。

细节描写：是指抓住生活中的细微而又具体的典型情节，加以生动细致的描绘，它具体渗透在对人物、景物或场面描写之中。本章中，作者通过对旅客们见到普鲁士军官时的动作和语言等的细节描写，表现出他们欺软怕硬的性格。

好词

无可奈何　众所周知　名副其实　一无所知　力挽狂澜　不知所措　感恩戴德　笑逐颜开　高谈阔论　举手投足

好句

· 夜里的城市被深沉和静谧吞没，人们看不到雪花飘落，却有一种雪花落在脚下、身上以及怀里的轻柔的感觉。

· 待到掌柜摆出四瓶香槟酒，人人笑逐颜开，各个高谈阔论，豪迈愉悦之情溢满每一个人的心房。

· 对于同车的旅伴，她怨愤不已，为自己先前屈从于这些人的意愿而倍感委屈，普鲁士人玷污了她，但是逼迫她被普鲁士人玷污的却是这些虚伪的同车旅伴，他们用那些假仁假义的手段和花言巧语逼迫她违逆了自己的意愿。

· 很快两滴热泪就从眼睛里往外流淌，慢慢地从面颊往下落，流得更迅速一些的眼泪又跟着来了，像一滴滴从岩石当中滤出的水，有规则地落到了她胸脯突出部分的曲线上。

两个朋友

普法战争中，巴黎被包围了，巴黎人民的生活陷入了困境，连最基本的生存需求都得不到满足，更别提什么精神追求了。莫利梭和索瓦日这两个热衷于钓鱼的好朋友，也已经很久没有机会享受一下钓鱼的乐趣了。这天，索瓦日趁着酒兴提出要去钓鱼，莫利梭兴奋地赞同，并准备了渔具和他一起前往。那么，在敌人的包围下，两人怎样才能到达钓鱼的地方呢？他们能顺利完成这个心愿吗？让我们一起来读这个故事吧！

巴黎被包围了，这座被饥饿威胁的城市在痛苦地呻吟着。各处的屋顶上看不见什么鸟雀，水沟里的老鼠也稀少了。人们饥不择食。

莫利梭先生，一个素以修理钟表为业而因为时局关系才闲在家里的人，在一月的某个晴天的早上，正空着肚子，把双手插在自己军服的裤子口袋里，愁闷地沿着环城大街

闲荡，走到一个被他认作朋友的人跟前，他立刻就停住了脚步。那是索瓦日先生，一个常在河边会面的熟人。在打仗以前，每逢星期日，天刚亮，莫利梭就离家了，一只手拿着一根钓鱼的竹竿，背上背着一只白铁盒子。从阿让德衣镇乘火车，在哥隆白村跳下，随后再步行到马郎德洲。一旦走到了这个让他朝思暮想的地方，他就动手钓鱼，一直钓到天黑为止。

名师指津

从这段描写我们可以看出莫利梭和索瓦日在战前的生活是十分惬意、轻松的。

每逢星期日，他总在这个地方遇见一个很胖又很快活的矮子——索瓦日先生，罗累圣母堂街的针线杂货店老板，也是一个醉心钓鱼的人。他们时常并肩而坐，手握着钓竿，双脚悬在水面上，消磨上半天的工夫。后来，他们建立了深厚的友谊。

有时候他们并不说话，有时候他们会聊会儿天。既然有相似的嗜(shì)好和相同的趣味，即便一句话不谈，他们也能很好地相处。

春天的早上，十点钟光景，在恢复了青春热力的阳光下，河面上浮动着一片随水而逝的薄雾，两个钓鱼迷的背上也感到暖烘烘的。这时候，莫利梭会对他身边的那个人说："嘿！多么暖和！"索瓦日先生的回答是："再没有比这更好的了。"这种对话就使得他们互相了解和互相推崇了。

在秋天，傍晚的时候，那片被落日染得血红的天空，在水里投下彩霞的倒影，染红了河身。地平线上像是着了火，两个朋友的脸也红得像火一样，那些在寒风里微动的黄叶像是镀了金。于是，索瓦日先生在微笑中望着莫利梭说道："多好的景致！"惊异不已的莫利梭两眼并不离开浮子，回答道："这比在环城马路上好多了，嗯？"

咬文嚼字

浮子：鱼漂，钓鱼时拴在线上的能漂浮的东西，作用是使鱼钩不致沉底。鱼漂下沉，就知道鱼已上钩。

这一天，他们彼此认出之后，就使劲儿地互相握了手，在这种异样的环境里相逢，大家都颇为感慨。索瓦日先生叹了一口气低声说："变故真不少哟！"莫利梭非常抑郁，哼着气说："天气倒真好！今儿是今年的第一个好天气！"

天空的确是非常晴朗的。

他们肩头靠着肩头走起来，感觉非常愁闷，而且毫无目的。莫利梭接着说："钓鱼的事呢？嗯！想起来真有意思！"

索瓦日先生问："我们什么时候再到那儿去？"

名师指津

战争使得人们的生活受到严重的干扰，看不见未来，连钓鱼这种小小的消遣都变得遥不可及。

他们进了一家小咖啡馆，各自喝了一杯苦艾酒，然后，他们又在人行道上散步了。

莫利梭忽然停住了脚步："再来一杯吧，嗯？"索瓦

英语学习馆

重点词语： 口袋：pocket ['pɒkɪt]；天空：sky [skaɪ]；
散步：walk [wɔːk]

相关词组： 上衣口袋：a coat pocket；
不可限量：the sky's the limit；
走过村庄：walk a village

日先生赞同这个意见："随便。"他们便钻进了一家酒店。

出来的时候，他们都有了几分醉意，酒精令他们像那些饿着肚子装了满肚子酒的人一样头脑恍惚。天气是暖的，一阵和风拂得他们的脸有点儿痒。

被暖气陶醉了的索瓦日先生停住脚步："到哪儿去？"

"你想到什么地方去？"

"钓鱼去啊，自然。"

"到什么地方去钓？"

"就到我们那个沙洲上去。法国兵的前哨在哥隆白村附近。我认识杜木兰团长，他一定会让我们过去的。"莫利梭高兴得发抖了："算我一个。"于是他们分了手，各自回家去取他们的器具。

名师指津

仅仅是因为可以钓鱼，莫利梭就高兴得发抖，可见他是多么热衷于钓鱼，更不难想象当时人们的生活有多么压抑、难熬。

一小时以后，他们已经在城外的大路上肩头靠着肩头走了。随后，他们到了那位团长办公的别墅里。团长听到他们有些荒唐的要求就笑了，不过也答应了他们。他们带着一张通行证又上路了。

不久，他们穿过前哨和荒芜了的哥隆白村，来到了几个位于塞纳河坡上的小葡萄园的边上。时间大约是十一点钟。对面，阿让德衣镇死一般寂静。麦芽山和沙诺山的高峰俯视四周的一切。南兑尔平原是全然空旷的，有的只是那些没有叶子的樱桃树和灰色的荒田。索瓦日先生指着那些山顶低声慢气地说：“普鲁士人就在那上面！”于是，一阵疑虑使这两个朋友不敢向着这块荒原迈步了。

普鲁士人！好几个月以来，他们从来没有瞧见过，但是他们觉得普鲁士人围住了巴黎，蹂(róu)躏(lìn)了法国，抢劫杀戮，造成饥饿，这些人是看不见而且无所不能的。所以，他们除了对这个素不相识却又打了胜仗的民族非常憎恨，现在又加上了一种带着迷信意味

的恐惧了。

莫利梭口吃地说："倘(tǎng)若我们撞见了他们，怎么办呀？"索瓦日先生带着巴黎人惯有的嘲谑态度回答道："我们可以送一份炸鱼给他们。"

不过，沉寂的环境令他们感到胆怯，有点儿不敢在田地里乱撞了。

末了，索瓦日先生打定了主意："快点儿向前走吧！不过要小心。"于是他们弯着腰，睁着眼睛，竖着耳朵，利用一些矮树的掩护在地上爬着走，最后到了一个葡萄园里面。

现在，要走到河岸，只须穿过一片没有遮掩的地带就行了。他们开始奔跑起来。一到岸边，他们就躲到了那些枯萎的芦苇里。

名师指津

只是为了享受一下阔别已久的嗜好，两个人就得这样提心吊胆、小心翼翼，冒着生命危险，战争给人带来的灾难，由此可见一斑。

莫利梭把脸贴在地面上，去细听附近是否有人行走，结果他什么也没听见，显然周围并没有人。

他们觉得放心了，于是开始钓鱼。

他们对面是荒凉的马郎德洲，它很好地遮住了他们。从前洲上的那家小饭馆现在关着门，像是已经许多年无人光顾了。

索瓦日先生钓到第一条鲈鱼，莫利梭钓着了第二条。他们时不时地举起钓竿，每次钓线的头上都会带着一条活蹦乱跳的银光闪耀的小东西。真的，这一回钓鱼如有神助。他们郑重地把这些鱼放在一个浸在他们脚下的水里的很细密的网袋里。一阵甜美的快乐穿过他们的心，世人每逢找到一种久已被人剥夺的嗜好，才能体会到这种快乐。晴朗的日光，在他们的背上洒下了它的暖气。他们不去细听、思虑什么，不在意世上其他的事了，他们只知道钓鱼。

但是突然间，一阵像是从地底下出来的沉闷声音令地面发抖了。大炮又开始像在远处打雷似的响起来了。莫利梭回过头来，从河岸上望着左边远远的地方，瓦雷良山的顶上正披着一簇白的、像鸟羽一样的东西，那是刚刚从炮口喷出来的硝烟。

咬文嚼字

硝（xiāo）烟：炸药爆炸后产生的烟雾。

第二团烟立刻又从这炮台的顶上喷出来了；几秒钟之后，一声新的爆炸声又传来了。

随后好些爆炸声接连而来，那座高山一阵一阵地散发出死亡的气息，吐出乳白色的蒸气——这些蒸气从从容容地在宁静的天空里上升，在山顶之上堆成了一层云雾。索瓦日先生耸着双肩说：“他们又动手了。”

莫利梭正闷闷地瞧着他钓线上的浮子不住地往下沉，他这个性子温和的人，忽然对这帮如此残杀的疯子发起火来，他愤愤地说：“像这样自相残杀，真是太蠢了。”

索瓦日先生回答道：“畜生不如。”

莫利梭正好钓着了一条鲤鱼，高声说道：“可以说，只要有政府存在，一定会有战争。”

索瓦日先生接着说：“共和国就不会宣战……”

莫利梭打断他的话说："有帝王，和外国打仗；有共和国，在国内打仗。"

他们安安静静地讨论起来，用和平而智慧有限的人的一种稳健理由，辩明政治上的大问题，结果彼此都承认人是永远不会自由的。然而瓦雷良山的炮声却没有停息，敌人用炮弹摧毁了好些法国房子，破坏了好些生活，压碎了好些生命，结束了许多梦想、许多期待中的快乐、许多希望中的幸福，并且在远处，在其他的地方，在贤母的心上、在良妻的心上、在爱女的心上，制造了好些再也不会了结的苦痛。

"这就是人生！"索瓦日先生高声喊着。

"您不如说这就是死亡吧。"莫利梭带着笑容回答。

咬文嚼字

张皇：惊慌；慌张。

突然，他们都张皇地吃了一惊，明显地感觉到他们后面有人走动。他们转过头来一看，只见贴着他们的肩站着四个人，四个带着兵器，留着胡子，穿着仆人制服般的长襟军服，戴着平顶军帽的大个子，用枪口瞄着他们的脸。

英语学习馆

重点词语： 意见：opinion [ə'pɪnjən]；

自由：freedom ['friːdəm]；结束：finish['fɪnɪʃ]

相关词组： 提出意见：advance an opinion；

自由斗士：freedom fighter；

战斗到底：fight to a finish

两根钓竿从他们手里滑下来，落到了河里。

几秒钟之内，他们就被捉住、绑好、抬走，扔进一只小船里，末了渡到了那个沙洲上。在那所他们以为无人打理的房子后面，他们看见了二十来个德国兵。

一个浑身长毛的巨人一样的家伙坐在一把椅子上，吸着一只长而大的瓷烟斗，用地道的法国话问他们："喂，先生们，你们很好地钓了一回鱼吧？"

这时，一个小兵将那只由他小心翼翼带回来的满是鲜鱼的网袋放在了军官的脚跟前。那个普鲁士人微笑着说："嘿！嘿！我看钓鱼的成绩并不坏。不过我关心另外一件事，你们好好地听我说，不要慌张。我想你们两个是别人派来侦察我们的奸细。我现在捉了你们，就要枪毙你们。你们假装钓鱼，为的是可以好好地实施你们的计划。你们现在已经落到我手里了，活该你们倒霉，现在是打仗呀。"

"不过你们既然从前哨走得出来，自然知道回去的口令，把这口令给我，我就赦免你们。"

名师指津

狡猾的敌人想以活命为代价诱骗这两个人说出前哨的口令，这样就能轻易地攻入对方的阵地。

两个面无血色的朋友靠着站在一处，四只手因为一阵轻微的神经震动都在那里发抖，他们一声也不吭。

那军官接着说："谁也不会知道这件事，你们可以太太平平地走回去。这桩秘密会随着你们的离去而消亡。倘若你们不答应，那就非死不可，并且立刻就得死。你们来选择吧。"

他们依然一动不动，没有开口。

那个普鲁士人始终是平静的，他伸手指着河里继续说：“想想吧，五分钟之后你们就要到水底下去了。五分钟之后！你们应当都有父母妻小吧！”

瓦雷良山的炮声始终没有停止。

两个钓鱼的人依然站着没有说话。那个德国人用他的本国语言下了命令。随后他挪动了自己的椅子，免得和这

两个俘虏过于接近。随后来了十二个兵士，立在相距二十来步远近的地方，他们的枪都是靠脚放下的。

军官接着说："我限你们一分钟，多一秒钟都不行。"

随后，他突然站起来，走到那两个法国人身边，伸出胳膊挽着莫利梭，把他引到了远一点儿的地方，低声对他说："快点，那个口令呢？你那个伙伴什么也不会知道的，我可以装作可怜你的样子。"

莫利梭一个字也不回答。

那普鲁士人随后又引开了索瓦日先生，并且对他提出了同样的问题。

索瓦日先生也没有回答。他们两个又紧靠着站在一处了。

军官下了命令，兵士们都托起了他们的枪。

这时候，莫利梭的目光偶然落在了那只盛满了鱼的网袋上面，那东西依然放在野草里，离他不过几步远。一道阳光使得那堆还能够跳动的鱼闪出反光。于是一阵悲伤让他心酸了，尽管极力镇定，莫利梭的眼眶里依然满含泪水。

他结结巴巴地说："永别了，索瓦日先生。"

索瓦日先生回答道："永别了，莫利梭先生。"

他们互相握了手，不由自主地浑身发抖。

军官喊道："开火！"

十二支枪合作一声响了。

咬文嚼字

俘虏(lǔ)：①打仗时捉住（敌人）。②打仗时捉住的敌人。

名师指津

每个人都爱惜自己的生命，惧怕死亡。但是，在民族利益面前，无论是高高在上的统治者，还是默默无闻的平民百姓，只要怀着一颗高尚圣洁的爱国之心，都会在此刻选择牺牲自己，保卫家国。

索瓦日先生一下就向前扑作一堆，莫利梭个子高些，摇摆了一两下，才侧着倒在他伙伴身上，脸朝着天，好些沸腾似的鲜血，从他那件胸部被打穿了的短襟军服里面向外迸出来。

德国人又下了好些新的命令。

他的那些士兵都散开了，随后又带了些绳子和石头过来，把石头系在这两个死人的脚上，然后把他们抬到了河边。瓦雷良山的炮声并没有停息，现在，山顶罩上了一座“烟山”。

两个兵士抬着莫利梭的头和脚，另外两个用同样的法子抬着索瓦日先生。这两个尸体来回摇摆了一会儿，就被远远地扔了出去，尸体先在空中画出一条曲线，随后像站着似的往水里沉，石头拖着他们的脚先落进了水里。

河里的水溅起，翻腾，起了波纹，随后，又归于平静，无数很细的涟漪漾向岸边。

咬文嚼字

涟(lián)漪(yī)：细小的波纹。

一些血丝在水面上浮着。

那位神色始终泰然的军官低声说：“现在要轮到他们喂鱼了。”

随后他就向着房子那边走去。

忽然，他望见了野草里面那只盛满了鱼的网袋，于是拾起它仔细看了一会儿，笑了，高声喊道：“威廉，来！”

一个系着白围裙的兵士跑了过来。这个普鲁士军官一面把那两个被枪毙了的人钓来的东西扔给他，一面吩咐："趁这些鱼还活着，赶快给我炸一炸，味道一定很鲜。"

然后，他又抽起了他的烟斗。

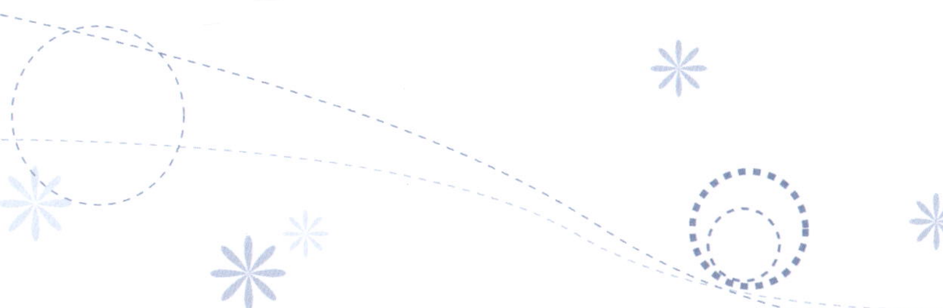

拓展阅读

两个钓鱼成癖的人，只因为潜入了所谓的敌方的领地（其实是自己祖国的领土）垂钓，就被入侵者当成间谍，不经调查，不经审判便随意处死。在整件事中，我们看到了两个朋友对彼此的信任，不背叛朋友，也看到了他们对祖国和自身尊严的忠诚，即使面对死亡，在敌人面前依旧保持沉默。整篇文章中，作者看似并没有抒发心意，实则已通过“破坏了好些生活，压碎了好些生命，结束了许多梦想、许多在期待中的快乐、许多在希望中的幸福，并且在远处，在其他的地方，在贤母的心上、在良妻的心上、在爱女的心上，制造了好些再也不会了结的苦痛”这段描写，严厉谴责并无情鞭挞了战争和侵略者给人民带来的灾难。

学习要点

外貌描写：也称肖像描写。即对人物的外貌特点（包括人物的容貌、衣着、神情、体形、姿态等）进行描写，以揭示人物的思想、性格，表达作者的爱憎，加深读者对人物的印象。外貌描写的要求是：根据需要，抓住特征，绘形传神，刻画性格，显示灵魂。通

过一些关键词可以表现出一个人的性格，尽量不要写得太过于老套，要有新意。如“他总在这个地方遇见一个很胖又很快活的矮子——索瓦日先生”，仅用几个字，就让读者感觉到索瓦日先生是个积极乐观、生活闲适的人，表现了他战前的幸福和对于生活现状的满足。

夸张：指为了达到某种表达效果的需要，对事物的形象、特征、作用、程度等方面着意夸大或缩小的修辞方式，以启发读者或听者的想象力或加强所说的话的力量。如“一个浑身长毛的巨人一样的家伙”，突显了普鲁士军官那高大魁梧、令人生畏的形象，也令读者可以想见两个被捕之人面对这个军官时惊慌、恐惧的心境。

好词

饥不择食　朝思暮想　醉心　嗜好　恍惚　陶醉　低声慢气　小心翼翼

好句

·春天的早上，十点钟光景，在恢复了青春热力的阳光下，河面上浮动着一片随水而逝的薄雾。

·地平线上像是着了火，两个朋友的脸也红得像火一样，那些在寒风里微动的黄叶像是镀了金。

·一阵甜美的快乐穿过他们的心，世人每逢找到一种久已被人剥夺的嗜好，才能体会到这种快乐。

·然而瓦雷良山的炮声却没有停息，敌人用炮弹摧毁了好些法国房子，破坏了好些生活，压碎了好些生命，结束了许多梦想、许多期待中的快乐、许多希望中的幸福，并且在远处，在其他的地方，在贤母的心上、在良妻的心上、在爱女的心上，制造了好些再也不会了结的苦痛。

我的叔叔于勒

达勿朗诗一家的生活不太富裕，常常捉襟见肘。正因如此，尽管父亲披星戴月地工作，母亲还是经常责备他，两个女儿也因为家里的经济情况迟迟没有嫁出去。终于，他们等来了福音，父亲那个曾经散尽家财的弟弟于勒来信说要补偿他们。达勿朗诗一家子都兴奋起来，对未来的生活充满了憧憬，在时光的流逝中等候于勒的佳音。他们什么时候才能见到于勒呢？见面的时候又会是怎样的情景呢？带着这些问题，让我们一起来欣赏这个故事吧！

一个白胡子穷老头儿向我们乞讨，我的同伴约瑟夫·达勿朗诗竟给了他一个五法郎的银币。对此，我颇感诧异。因此，他向我解释道：

此人着实可怜，勾起了我心中一段尘封的往事，我对这段往事始终无法忘怀，下面我就来讲给您听。

我的家庭原籍勒阿弗尔，并非殷实之家，不过勉强度日而已。我的父亲工作辛劳，每天回家总是很晚，然而薪资却很微薄。我还有两个姐姐。

这种拮据窘迫的生活令我母亲倍觉痛苦，她总是向父亲发牢骚，无端地责备父亲，言辞尖酸而又刻薄，含蓄而又恶毒。可怜的父亲唯有无奈地做着手势，叫我看了心里异常酸楚。他每每以手抚额，仿佛在擦汗，尽管压根儿就没出汗，并且总是一言不发。我能够体会到父亲的痛苦，那是一种无可奈何的痛苦。那时家里诸事节俭，从不敢接受别人的宴请，以免回请；买日用品也是常常买减价的日用品和店铺里铺底的存货。姐姐们自己做衣服，买十五个铜子一米的花边，还常常要在价钱上争论半天。我们日常吃的是浓汤和用各种方式做的牛肉杂烩。据说这既卫生又富有营养，但是我仍然喜欢吃其他东西。

咬文嚼字

窘迫：①非常穷困。②十分为难。

如果我丢了扣子或是撕破了裤子，肯定会被狠狠地斥责一顿。

不过每个周日我们全家都要衣冠整齐地到防波堤上去散步。我的父亲穿着礼服，戴着礼帽，套着手套，让我母亲挽着胳膊；我的母亲打扮得五颜六色，仿佛节日里悬着万国旗的海船；姐姐们往往最先打扮整齐，等待着出发的命令；不过到了最后一刻，总会在一家之主的礼服上瞅见一块儿忘记擦掉的油迹，然后急忙用旧布蘸了汽油来把它擦掉。

名师指津

通过描写家人各自的穿着打扮，表现出一家人心中的喜悦之情。同时，关于出游的叙述，也为后文故事情节的展开做了铺垫。

我的父亲头上仍然顶着大礼帽，只穿着马夹，露着两只衬衫袖管，等着这道工序做完。这会儿，我的母亲戴上近视眼镜，摘下手套，以免把手套弄脏，忙得不可开交。

一家人非常隆重地出发了。走在最前面的是挽着胳膊

的两个姐姐，她们已到了出嫁的年龄，因此父母常带她们出来叫城里人看看，我依在我母亲的左边，我父亲在她的右边。我此刻还记得我可怜的双亲在周日散步时那种正颜厉色、举止庄重、郑重其事的神情。他们挺胸抬头，腰板笔直，伸直了腿，迈着沉着的步伐向前走着，似乎他们的态度举止关系着一桩极端重要的大事。

每个周日，一旦瞅见那些从遥远的陌生地方回来的大海船开进港口，我的父亲总要说他那句一成不变的话："唉！要是于勒在这条船上，那会多么叫人惊喜呀！"

咬文嚼字

一成不变：一经形成，永不改变。

我父亲的弟弟于勒叔叔当时是全家仅有的希望，不过之前却是全家的祸害。打小我就听家人谈及这位叔叔，对他的故事已是耳熟能详，或许只要见面就会马上认出他来。他去美洲前的诸般行径，我全部了然于心，即便家人言及于此总是压低了嗓音。

据说他先前行为不轨，曾经挥霍无度，这在穷人的家庭里是罪恶当中最大的一种。在有钱人的家里，一个人吃喝玩乐不过算是糊涂荒唐，大家笑嘻嘻地称呼他一声花花公子。在生活困难的家庭里，一个人如果逼得父母动老本，那他就是一个坏蛋、一个流氓、一个无赖了。

尽管是一样的事情，这样区别开来还是对的，因为行为的好坏，只有结果能够决定。

总之，于勒叔叔把自己应得的那部分遗产挥霍殆尽之后，还大大地减少了我父亲可以得到的那一部分。

依着当时的惯例，他被送上一只从勒阿弗尔开往纽约的商船，到美洲去了。

一到目的地，我这位于勒叔叔就做上了什么生意，很快就写信来说他赚了点钱，并且希望能够弥补我父亲的损失。这封信在我的家里引起了轰动。那个大家都认为分文不值的于勒，顿时成了正直的好人、有良心的人、达尔朗诗家的好子弟，跟所有达尔朗诗家的子弟一样公正无欺了。

名师指津

真是世事难料，在家里一无是处的于勒，到了美洲之后竟然赚钱了，更加难能可贵的是，他还想着弥补别人，可见他是一个聪明、善良的人。

有一位船长又告诉我们，说于勒已租了一间大店铺，做着一桩很大的买卖。

两年后父亲又接到第二封信，信上说：

我亲爱的菲利普，我给你写这封信是免得你忧心我的健康，我身体很好，生意也好。明天我就出发到南美去进行一次长期旅行，可能要好几年不给你写信。假如真的不给你写信，你也无须担心，我发了财就会回勒阿弗尔的。我希望不会为期太远，那时我们就可以一起快活地过日子了……

这封信成了我们家里的福音书，时不时地念念，逢人便展示出来。

结果，十年中于勒叔叔没有再来过信，不过我父亲的希望却与日俱增。我的母亲也常常这样说："一旦这个好心的于勒归来，我们的境况就不同了，他的确算得上是个能力超群的人！"

咬文嚼字

与日俱增：随着时间的推移而不断增长。

因此每逢周日，只要瞅见喷着黑烟的大轮船从天边驶过来的时候，我父亲总是翻来覆去地说他那句一成不变的话：

"唉！要是于勒就在这条船上，那会多么叫人惊喜呀！”

简直就像是立刻可以看见于勒手里挥着手帕叫喊：“嘿！菲利普！”

叔叔回国这事儿十拿九稳，大家拟订了上千种计划，甚至计划到要用这位叔叔的钱在安古维尔附近购置一所别墅，我无法确定父亲是否就此做过商谈。

我的大姐那时二十八岁，二姐二十六岁，她们尚未成亲，这令全家万分忧愁。

后来，终于有人看上了二姐。他是一个经济拮据的公务员，然而为人老实稳重。我始终觉得他不再犹疑，决定求婚，完全是因为有一天晚上我们给他看了于勒叔叔的信。

我们家立刻应允了他的请求，并且决定婚礼之后全家都到哲尔塞岛去小游一回。

哲尔塞岛是穷人们最理想的游玩地点，路并不远，乘小轮船渡过海，便到了外国的土地上，因为这个小岛是属于英国的。所以，一个法国人只要航行两个钟头，就可以到一个邻国去看看别的民族，并且研究一下在大不列颠国

英语学习馆

重点词语： 价钱：price [praɪs]；手套：glove[glʌv]；
旅行：travel [ˈtrævl]

相关词组： 股票价格：share prices；
一副手套：a pair of gloves；
旅行包：a travel bag

旗覆盖下的这个岛上的风俗。

哲尔塞岛的旅行成了我们朝思暮想、无时无刻不盼望和等待的一件事。

我们最终出发了。我如今忆及此事还觉得恍如昨日呢：轮船靠着格朗维尔码头生火待发，我的父亲慌慌张张地监视着我们的三件行李被搬上船，我的母亲不放心地挽着我那未嫁大姐的胳膊。**自从二姐出嫁后，我的大姐就像一窝鸡里剩下的一只小鸡一样有点儿失魂落魄。**在我们后边是那对新婚夫妇，他们一直落在后面，使我常常要回过头去看看。

名师指津

此处运用了比喻的修辞手法，表现出大姐的孤单，给读者留下生动、具体的感受，丰富了人物的色彩。

汽笛响了，我们已经上了船，轮船离开了防波堤，在风平浪静、平坦得如同翠色的大理石桌面一样的海面上驶向远处。我们看着海岸向后退去，正如那些不常旅行的人们一样，感到快活而骄傲。

我的父亲高高挺着藏在礼服里面的肚子，这件礼服，家里人在当天早上仔细地擦掉了所有的污迹，这会儿在他四周散布着出门日子里必有的汽油味。我一闻到这股气味，就知道周日到了。

我的父亲忽然看见两位先生在请两位打扮得很漂亮的太太吃牡蛎。一个衣衫破旧的年老水手拿小刀撬开牡蛎，递给了两位先生，再由他们传给两位太太。她们的吃法十分文雅，用一方精致的手帕托着蛎壳，把嘴稍稍向前伸着，以免弄脏了衣服，接着嘴很快地微微一动就把汁水吸了进去，蛎壳就扔到了海里。

在行驶着的海船上吃牡蛎，这件文雅的事毫无疑问打动了我父亲的心。他觉得这是雅致高级的好派头，因此他走到我母亲和两位姐姐身边问道："你们要不要我请你们吃牡蛎？"

我的母亲颇为踌躇，她怕花钱，不过两位姐姐立刻表示赞成。因此我的母亲非常不开心地说："我怕伤胃，你买给孩子们吃好了，不过不要太多，吃多了要生病的。"

咬文嚼字

踌躇：①犹豫。②停留；徘徊不前。③得意的样子。

接着母亲转过来，看着我说道："约瑟夫就别吃了，小孩子不要养成馋的坏习惯。"

我不得不留在我母亲身边，这种差别对待令我腹诽不已。我始终瞅着我的父亲，瞅着他郑重其事地带着两个女儿和女婿向那个衣服褴褛的老水手走去。

刚才的那两位太太已经走开，我父亲就教给姐姐如何吃才不至于让汁水洒出来，他甚至要吃一个给他们做示范。他刚一试着模仿那两位太太，就马上把牡蛎的汁水全溅在了他的礼服上，然后我听见我的母亲嘀咕道："何苦来！老老实实待一会儿多好！"

但是我的父亲突然间似乎不安起来，他向旁边走了几步，瞪着眼看着挤在卖牡蛎的身边的女儿女婿，突然他向我们走了回来。他面色异常苍白，眼神大异于平常。他低声对我母亲说："真奇怪！这个卖牡蛎的为什么这么像于勒！"

名师指津

父亲的表现有些不同寻常，他为什么会这样呢？这是一个悬念，吸引读者继续读下去。

我的母亲有点儿莫名其妙，就问："哪个于勒？"

我的父亲说："就……就是我的弟弟呀……要不是我知道他目前在美洲，有身份、有地位，我真会以为就是他哩。"

我的母亲也怕了起来，她结结巴巴地说："你疯了！既然你知道不是他，干吗这样胡言乱语？"

然而我的父亲依旧很担心，他说："克拉丽丝，你去

看看吧！最好还是你去把事情弄个清楚，你亲眼去看看。”

母亲站起身来去找她的两个女儿，我也打量了一下那个人，他又老又脏，满脸都是皱纹，眼睛一直关注着他手里干的活儿。

我的母亲回来了，我看出她在颤抖，她飞快地说：“我看就是他，去跟船长打听一下吧，一定要多加小心，不要叫这个小子又回来缠上咱们！”

我的父亲赶紧去了，我这次可以跟着他走了，我心中激动万分。

名师指津

通过外貌描写和神态描写，将船长的形象生动地刻画出来，令读者印象深刻。

船长高高瘦瘦，蓄着长长的胡须，他正在驾驶台上散步，那不可一世的神情，就好像他指挥的是一艘开往印度的大邮船。

我的父亲客客气气地和他搭上了话，一边奉承一边打听与他职业有关的事情，例如：哲尔塞是不是重要？有什么出产？人口多少？风俗习惯怎样？土地性质怎样？等等。

不知原委的人还以为他们说的至少是美利坚合众国哩。

最后终于谈到我们搭乘的这艘船“快速号”，然后又谈到船员。最后我的父亲才有点儿局促不安地问：“您船上

英语学习馆

重点词语： 外国：foreign [ˈfɒrən]；水手：sailor ['seɪlə(r)]；习惯：habit[ˈhæbɪt]

相关词组： 外国学生：a foreign student；

水手装：sailor suit；

良好习惯：good habits

有一个卖牡蛎的，看上去倒很有趣。您了解此人的来路吗？”

船长对这番谈话感到不耐烦了，他冷冷地回答：“他是个法国老流浪汉，去年我在美洲碰到他，就把他带回国。据说他在勒阿弗尔还有亲戚，但是他不愿回去找他们，因为他欠着他们钱。他叫于勒……姓达尔芒什，或者是达尔旺什，总之是跟这相似的那么一个姓。据说他在国外曾经阔绰过一段时间，不过您看他如今落魄到了何等地步。”

咬文嚼字

阔绰：排场大，生活奢侈。

我的父亲脸色变得非常难看，嗓子发哽地说：“啊！啊！好……很好……我并不感到奇怪……谢谢您，船长。”

他说完就走了，船长困惑不解地望着他走远了。

他赶回母亲身旁，神情惶恐异常，母亲连忙对他说：“你先坐下吧！不要让他们看出来。”

他一屁股坐在长凳上，结结巴巴地说：“是他，真是他！”

接着他就问：“现在我们怎么办？”

我母亲立刻回答：“应该把孩子们领开，约瑟夫既然已经都知道了，就让他去把他们找回来。一定要小心，不要让女婿看出端倪。”

咬文嚼字

端倪：①事情的眉目；头绪；边际。②指推测事物的始末。

我的父亲似乎吓傻了，声音低沉地嘀咕着：“真是飞来横祸！”

我的母亲突然震怒起来：“我早就知道这个贼不会有出息，迟早会再来缠上我们！倒好像一个达勿朗诗家里的人还能让人抱什么希望似的！”

父亲以手抚额，就像往日被太太责备时那样。

我母亲随即又说：“把钱交给约瑟夫，叫他快去结了牡蛎的账。已经够倒霉的了，如果再被这个讨饭的认出来，在这船上可就有热闹看了。咱们到船那头去，小心不要让他挨近我们！”

她站了起来，他们在给了我一个五法郎的银币以后就走了。

姐姐们一直等不来父亲，正感到奇怪呢。我向她们解释说妈妈有点儿晕船，然后问那个卖牡蛎的：“应该付您多少钱，先生？”我真想喊他：“我的叔叔。”

他回答：“两个半法郎。”

我把五法郎的银币给了他，他给我找零钱。

读书笔记

我看了看他的手，那是一只满是皱纹的水手的手；我又看了看他的脸，那是一张贫困衰老的脸，满面愁容、疲惫不堪。我心里默念道："这是我的叔叔，父亲的弟弟，我的亲叔叔。"

我给了他半法郎的小费，他连忙致谢："上帝保佑您，我的年轻先生！"

说话的声调是穷人接到施舍时的声调，我心想他在美洲一准儿要过饭。

两个姐姐看我如此慷慨，觉得奇怪，仔细地端详着我。

母亲看到我只交给父亲两法郎，诧异地问道："三法郎牡蛎钱？怎么可能？"

我语气坚定地说："我给了他半法郎小费。"

我的母亲大吃一惊，两眼圆瞪，看着我说："你简直是疯了！拿半个法郎给这个人，给这个无赖！"

她闭口不言，因为我的父亲望望女婿对她使了个眼色。

接下来，大家都不再说话。

在我们面前，天边远远地好像有一片紫色的阴影从海里钻出来，哲尔塞岛就在眼前。

我们回来的时候改乘"圣玛洛号"船，免得再遇见他。母亲满腹心事，忧心忡忡。

从此，我再也没见过我父亲的弟弟！今后您还会看见我有时候要拿一个五法郎的银币给要饭的，其缘故就在于此。

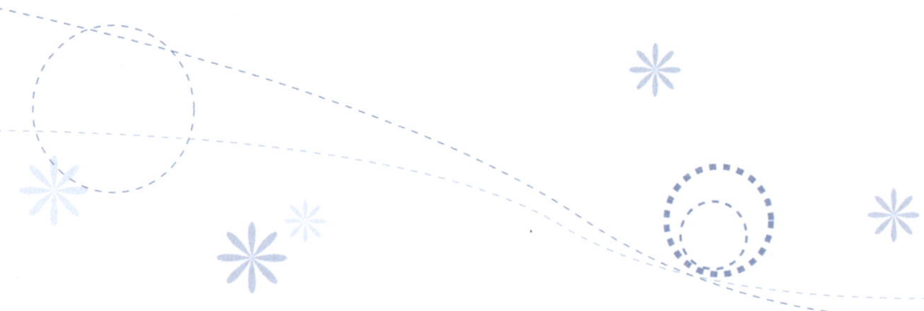

拓展阅读

名师点拨

经过漫长的等待，一直期盼的相见在旅行中实现了。然而，当那个苍老落魄的于勒出现在达勿朗诗夫妇面前时，他们惊呆了。丈夫张皇失措，妻子则暴怒至破口大骂。作品以一个小孩子的视角展开，通过他所看到的父母对待叔叔前后不同的态度，深刻揭露了阶级社会中人与人关系的疏远，辛辣地讽刺了阶级社会中那些自私冷漠、贪婪势利的人。

学习要点

比喻：一种常用的修辞手法，指用跟甲事物有相似之点的乙事物来描写或说明甲事物，可使事物生动形象，具体可感，以此引发读者联想和想象，并使语言文采斐然，富有很强的感染力。如“平坦得如同翠色的大理石桌面一样的海面”，用“大理石桌面”来比喻海面，体现了此时海上风平浪静的景象，同时“翠色”也点出了大海那令人身心舒畅的颜色。

对比：将对立的意思或事物、或把事物的两个方面放在一起作比较，让读者在比较中分清好坏、辨别是非，是文学创作中常用的一种表现手法。运用这种手法，有利于充分显示事物的矛盾，突出被表现事物的本质特征，加强文章的艺术效果和感染力。如在收到于勒的信后，全家人的期待之情溢于言表；遇到穷困潦倒的于勒后，父亲“脸色变得非常难看”，母亲则破口大骂，怒言“这个贼不会有出息”。前后两种态度对比鲜明，突出了父母嫌贫爱富、唯利是图的性格特征，表现出了强烈的戏剧效果。

写作借鉴

好词

不可开交　一成不变　了然于心　挥霍无度　分文不值　公正无欺　与日俱增

好句

·可怜的父亲唯有无奈地做着手势，叫我看了心里异常酸楚。他每每以手抚额，仿佛在擦汗，尽管压根儿就没出汗，并且总是一言不发。

·我的父亲穿着礼服，戴着礼帽，套着手套，让我母亲挽着胳膊；我的母亲打扮得五颜六色，仿佛节日里悬着万国旗的海船；姐姐们往往最先打扮整齐，等待着出发的命令；不过到了最后一刻，总会在一家之主的礼服上瞅见一块儿忘记擦掉的油迹，然后急忙用旧布蘸了汽油来把它擦掉。

·他们挺胸抬头，腰板笔直，伸直了腿，迈着沉着的步伐向前走着，似乎他们的态度举止关系着一桩极端重要的大事。

·自从二姐出嫁后，我的大姐就像一窝鸡里剩下的一只小鸡一样有点儿失魂落魄。

菲菲小姐

普法战争中，普鲁士军队入侵法国，其中一支部队占领了法国的雨韦古堡。在古堡中恪守军规的生活令很多军士百无聊赖，于是，他们在少校的特许下，找来了法国的妓女寻欢作乐。作为战败国的人民，这些姑娘们会怎样对待普鲁士军官呢？她们对待敌人的态度和方式，是和前文中的羊脂球相同，还是大相径庭呢？想要知道答案的话，就快来欣赏这一篇佳作吧！

普鲁士营长法勒斯倍，军衔少校，爵封伯爵，刚刚看完他方才收到的文书。此刻，他斜倚着一把太师椅，腰后垫着用壁衣材料做成的靠垫，翘着两只套着长筒马靴的脚搭在壁炉台子上，台子是用漂亮的大理石砌成的。三个月前他们占领了这座雨韦古堡，从那之后，少校的这个习惯性动作对壁炉台子造成了严重破坏，壁炉台子被马靴上的马刺天天刮着，一日刮坏一点儿，日积月累之下，如今那

咬文嚼字

日积月累：长时间地积累。

台子上已经出现了两个深深的窟窿。一张独脚的圆桌子上，一杯咖啡正冒着腾腾的热气，原本镶嵌着精巧图案的桌面，此刻满是斑斑点点的酒迹、焦痕，以及乱七八糟的数字和花纹，那分别是甜味烧酒、雪茄烟和少校的小刀留下的痕迹，因为他有时候也拿着小刀去削铅笔，不过削的动作一停，他就会无精打采地拿起小刀在桌面上乱划。

今天，他阅毕文书，浏览完德文报纸——这些报纸是

营里的通信中士刚送来的。现在，他站起身来，将三四块湿木头扔进壁炉里——这些木柴是他们从古堡的园子里陆续伐下来的，目的自然是为了烤火，随后，他走到了窗边。

大雨滂沱，好像奔腾的波浪倾泻而下，那是一种诺曼底地方的大雨。简直可以说那是由一只愤怒的手泼下来的，它斜射着，密如帷幕，宛若雨墙，雨墙上显出无数密密的斜纹。它鞭挞着、迸射着、淹没着一切。鲁昂一带素有“法国尿盆”之称，此刻这种雨的确是那一带的雨。

> 名师指津
> 这里运用了比喻的修辞手法，通过具体的物体，形象地展现出大雨的样子，给读者留下更加深刻的印象。

少校驻足窗前，久久地观望着窗外那片被水淹没的草地和远处那条漫过堤面的昂代勒河。他的手指头好像打鼓一般，在窗子的玻璃上面轻轻敲出一段莱茵河的华尔兹圆舞曲。随后，一道响声使他回过头来，那是他的副营长凯尔韦因施泰因子爵，军衔是上尉。少校肩宽体大，一嘴扇形的长髯铺在胸前。他那种大人物的庄严风采，使人想象到一只戎装的孔雀，一只可以把展开的长尾挂在自己下巴上的孔雀。他的眼睛是蓝色的，柔和冷静，面带一道刀疤，那是他参加普奥战役的纪念品。人们都说，他为人正直，作战勇敢。

上尉身体矮胖，红光满面，肚子捆得很紧，火红色的胡子几乎齐根剪掉，有时候在某种光线之下，竟可以使人以为他的脸上擦过了磷脂。他在某一次欢乐之夜莫名其妙地丢了两颗门牙，因此他说话总是含混不清，叫人听不大明白。上尉秃顶，看起来就像个行过剃发礼的传教士，不过只是顶门儿上那块儿秃了，秃顶周围倒是一圈儿金黄明

> 咬文嚼字
> 莫名其妙：没有人能说明它的奥妙（道理），表示事情很奇怪，使人不明白。

亮、卷起来的短头发。

营长和上尉握手，随后一口气喝了那杯咖啡（从早上算起已是第六杯了），同时听着上尉报告种种在勤务上发生的事故；然后，二人一起走到窗边，同时大声抱怨着眼下令人不快的景象。少校是个生性安静的人，家有妻小，万事总是好说话；然而子爵上尉截然不同，他是个喜欢寻欢作乐的人，爱跑小胡同，爱追女人。困守孤堡三个月以来，被迫过着苦行僧般的清净生活，满肚子的怨气。

外面又有人在叫门了，营长说了一声“请进来”，接着他们的一个部下，一个仿佛机动傀儡般的小兵在门口出现了，此人一旦出现，就意味着午餐时间到了。

三个军衔较低的军官早已在饭厅等候了：维克多·格洛斯林中尉、少尉弗利茨·硕因瑙堡和少尉威廉·艾力克侯爵。侯爵身材矮小，发色浅黄，对一般人自负而且粗鲁，对战败者残忍而且暴躁，简直像是一种火药。

名师指津

这句话中既有外貌描写又有性格描写，简单地刻画出威廉·艾力克侯爵的形象，给读者留下初步的印象。

自从侵入法国以来，侯爵那些朋友都只用法语叫他“菲菲小姐”。这个绰号的由来，是由于他的姿态倜傥，腰身细巧得好似缚了一副女人用的腰甲，面色苍白，微生髭须，他待人接物惯于做出一副蔑视一切的高傲态度，并且喜欢时不时地用一种轻轻吹哨子般的声音道出一句法国短语：“菲菲”。

雨韦古堡那长方形的饭厅原本是一间富丽堂皇的屋子，不过此刻，它那些用玻璃砖做成的镜子都被枪子儿打出许

多星状的创痕，它那些高大的弗兰德尔特产的壁衣都被军刀划成一条条的破布挂在各处，那正是穷极无聊的“菲菲小姐”的杰作。

在墙上，悬挂着古堡里的三幅家传人像：一个是身着铁甲的战士，一个是红袍主教，另一个是高级法院院长，他们嘴里都叼着一支长杆瓷烟斗。此外在一个由于年代过于久远而褪色的泥金框子里，有一个胸部紧束的贵族夫人，现在她傲气凌人地翘着两大撇用木炭画出来的髭须。

在那间受到蹂躏的屋子里，军官们静悄悄地吃着午饭，屋外暴雨如注，屋内晦暗不明，内部的那种打了败仗的仪容使得屋子非常凄惨，那种用桃花心木做成的古老地板简直就和小酒店里的泥地一样脏乱不堪。

咬文嚼字

蹂躏：践踏，比喻用暴力欺压、侮辱、侵害。

饭后，他们边吸烟边喝酒，每日此时，他们必定要翻来覆去地抱怨这种烦闷无聊的日子。白兰地和甜味烧酒在大家手中传来递去，大家都将半个身子斜躺在椅子上，手捧酒杯浅酌慢饮。与此同时，每个人嘴上都叼着一个德国烟斗，又长又弯的烟杆子前端装着一个蛋形的瓷质烟锅，并且一如既往地画着花花绿绿的图案，好像为了引诱霍屯督人似的。

他们的酒杯一空，就自己动手斟满，一副无精打采的样子。而“菲菲小姐”总是动不动就随意摔碎自己的酒杯，然后立刻就有一个小兵再送一只给他。

一阵辛辣的烟雾笼住了他们，他们好像都沉溺在一种打盹的和愁人的醉态里，沉溺在那种属于无事可做的人的忧郁醉态里。

那位子爵蓦然站起来，他咒骂道："活见鬼，这如何能够持久，必须琢磨点儿事来做。"维克多中尉和弗利茨少尉是两个非常严肃的人，他们异口同声地回答道："做什么？我的上尉。"

咬文嚼字

蓦(mò)然：猛然；不经心地。

上尉思忖片刻，随即说："做什么？喂，应当组织一场欢乐的聚会，如果营长允许我们那么做。"

少校挪开嘴里的烟斗问："怎样欢乐的聚会，上尉？"

子爵走过去说："一切由我负责，我的营长。我就派'勤务'往鲁昂去给我们带几位女客过来，我知道要到哪里去找。这儿呢，我们预备一顿晚餐，并且也不缺什么材料，这样，我们起码可以有一个像样的晚会。"

法勒斯倍伯爵耸耸肩膀，微笑道："您疯了，朋友。"

然而军官们全都起立，围着营长恳求道："请您让副营长去办吧，我们的营长，这里确实要闷死人了。"

少校终于让步了："好吧。"于是子爵马上派人叫了"勤务"来。"勤务"是一个年老的上士，他不苟言笑，但是对上级派给他的种种命令无论性质怎样，他都出人意料地完成得尽善尽美。

他神情自若地立正接受子爵的命令，随后便出去了。五分钟以后，一辆罩着油布篷子的军用马车在倾盆大雨中疾驰而去了。

转眼间，军官们精神大振，脸上均露出了喜色，并开始了交谈。

虽然外面的雨一如既往地狂泻，不过少校却肯定天色没有前一刻那么阴晦，维克多中尉信心十足地说天气即将放晴。“菲菲小姐”似乎也坐不住了，“她”站起来又重新坐下。“她”那双闪烁而冷酷的眼睛正寻找着什么来供“她”破坏。突然，“她”盯住了那个翘着两撇髭须的女像，抽出身上的手枪说道：“你就会看不见什么了。”说完没有离开座位就对女像瞄准，两颗子弹接连打穿了那幅人像的双眼。

然后“她”嚷着：“我们来演习放地雷吧！”这引起了大家的兴趣，众人忽然中断了谈话。

地雷，那是“她”的发明，“她”的破坏方法，“她”最心爱的娱乐活动。

咬文嚼字

娱乐：①使人快乐；消遣。②快乐有趣的活动。

古堡的合法主人，斐尔南·阿木伊·雨韦伯爵在离开这古堡的时候，除了把银餐具塞在一个墙洞中以外，什么东西都没来得及带走，也没及时藏起一点儿什么。偏偏他又那么富有、那么奢华，他那间和饭厅相通的大客厅在主人没有仓促逃走以前，简直是博物馆里的一间陈列室。

墙上的油画和水彩画价值不菲，家具上、架子上、精致的玻璃柜子中，摆着成百上千的古玩：料器、雕像、萨克斯瓷像、中国瓷人、古代象牙物件、威尼斯玻璃器具。

这些珍贵稀奇的东西充塞了那间宽大的客厅。

然而此刻，那些东西几乎荡然无存了。不过并不是被人抢劫，因为少校营长法勒斯倍伯爵严禁抢劫，然而“菲菲小姐”会不时演习放地雷，并且所有军官在那一天也都享受到了五分钟真正的娱乐。

名师指津

尽管德国人没有进行抢劫，但是那些价值不菲的东西都在他们的娱乐中损毁殆尽。这是一种讽刺，鞭挞了德国人的罪恶行为。

“菲菲小姐”进入客厅选择物件，“她”拿着一把很小巧的中国茶壶走出来，壶里满装了火药，并且慎重地在壶嘴子里装了一条长的引线，“她”点燃了它，将这件凶器赶忙捧进隔壁那间客厅里。接着，“她”很快返回，同时又关上了门。所有的德国人都站起来等着，一种幼稚的好奇心令他们面带微笑。末了，在一股爆炸的力量震撼摇动了这座古堡之后，他们急忙一窝蜂地朝客厅冲去。

“菲菲小姐”第一个进去，“她”站在一座脑袋被炸断的维纳斯瓷像面前发狂般地拍掌。然后每一个军官都捡起许多碎瓷片，诧异地观察碎片上异样的断口，审查这一次的损失，确认某些破坏是上一次爆炸的成绩。营长摆出家长的样子，检阅这间宽大的客厅被霰弹所扰乱的情形和其中满地艺术品的残余骸骨。后来他第一个从客厅退出来，用和蔼的态度高声说道：“此次成绩的确不坏。”

咬文嚼字

诧异：觉得奇怪。

不过，饭厅里早已浓烟滚滚了，涌进的硝烟混合着烟草味儿，令人窒息。营长推开窗子，那些回到饭厅里的军官喝完最后一杯白兰地，都走到了他身边。

涌入饭厅的空气异常潮湿，带来了一种凝在胡须上的灰尘样的细水珠儿和一阵河水上溢的气味。他们望着那些压在暴雨下面的大树，那条笼在低云中间的宽大河谷，以及远处如同一把灰色长锥似的竖在风暴里的礼拜堂钟楼。

自从普鲁士人侵入此地之后，那钟楼就变得悄无声息了，它的沉默几乎是侵略者在附近一带遇到的仅有的抵抗。礼拜堂神父对于普鲁士人在堂里饮食住宿毫不拒绝，营长一直把他当作一个善意的中立者，他甚至陪营长饮过数次啤酒或者葡萄酒。但是如果要请他如同以往那样准点敲钟，就算只敲一次，那也办不到，因为他宁肯让人来枪毙自己也决不肯敲钟。那是他本人反对侵略的方法，是和平的抗议，沉默的抗议。他说教士原是温和的人而非讲流血的，唯有这方法才和教士相宜。因此在周围十法里之内，每个人都称赞商塔瓦纳神父的坚定和英勇，他居然敢让他那所礼拜堂保持顽强的沉默，来宣告全国上下的哀悼。

全村的人都因此而受到鼓舞，决定牺牲所有来彻底支持他们这位神父，认为这种英勇的抗议是对民族光荣的捍卫。在农民们眼中，认为自己这样对祖国的贡献胜过斯忒拉斯堡和倍勒伏尔两地，自己做出的榜样具有同等价值，自己的村庄将因此而不朽。除此以外，他们对于战胜者普鲁士人的苛求无所不从。

普鲁士人对此则付之一笑，而且由于当地的所有农民在他们的眼里表现得良好和顺从，他们都欣然宽恕他们那

咬文嚼字

礼拜堂：基督教（新教）教徒举行宗教仪式的场所。

付之一笑：一笑了之，表示毫不介意。

种无声的爱国主义。

唯一想强迫礼拜堂敲钟的只有威廉·艾力克侯爵一人，并且对此异常用心。因为上级对教士迁就，所以他倍感气愤，于是天天恳求营长让他去叮咚叮咚敲一回，只为找个乐子。而且他恳求的时候每每装出猫儿的媚态、女性的阿谀、一种被欲望所沉醉的情妇式的柔曼声音，然而营长寸步不让。故此“菲菲小姐”为了安慰自己，只得在雨韦古堡里放地雷了。

此刻，他们待在那儿，呼吸着潮湿的空气，好几分钟没有动弹。中尉弗利茨终于发出一声不响亮的笑，说道：“那些姑娘来此散步，肯定碰不上好天气了。”随后，他们就分开了，大家都去办公，而上尉则忙着预备晚宴。

名师指津

为了迎接妓女，普鲁士军官们将自己收拾得漂漂亮亮，表现出他们的无所事事和不务正业，对他们进行了无情的讽刺。

傍晚时分，大家再次集合，人人好像准备大检阅，各个都打扮得衣冠楚楚，头上都擦了油又喷了香水，会面时大家互相望着笑。营长的头发似乎没有早上那么花白，上尉也刮了脸，只在鼻子底下留着一小撮火焰似的髭须。

英语学习馆

重点词语：子弹：bullet ['bʊlɪt]；奢华：luxury ['lʌkʃəri]；啤酒：beer [bɪə(r)]

相关词组：枪伤：bullet wounds；奢侈品：luxury goods；啤酒杯：a beer glass

尽管雨还在下，他们却打开了窗子，并且他们中间总有一个人不时地走到窗子跟前去听。六点十分左右，子爵说他听到远处有一阵隆隆的车声。大家都赶过来看，很快那辆大马车出现了，四匹马一直在沿路飞奔，马脊梁上满是烂泥，浑身汗气蒸腾，气喘吁吁。

五个妇人在台阶前面下车了，她们各个貌美如花，全是精挑细选出来的俏娘们儿。挑选者是上尉的一个朋友，“勤务”当时带着一张上尉的名片去找他帮的忙。

她们当时并没有推三阻四，由于都笃定自个儿能够多赚点钱，并且对照三个月以来自己的亲身体验，她们对普鲁士人已经非常了解了，故此只把男人当物件一样

名师指津

这五个妇人已经有了足够多的经历，为了生存，她们连尊严都没有了，她们的遭遇值得同情。

看待。“只不过是职业需求而已。”在路上，她们自己说服着自己，毫无疑问，她们这是在责备自己那未泯的良心。

大家马上进入了饭厅，饭厅灯火通明，映出了里面那悲凉的毁损情形，反而显得它愈加破败；加之桌上满是各种肉食、华美的杯盘碗碟，以及从墙洞搜出来的那些被古堡主人藏好的银质器具，故而又使得饭厅仿佛一所黑店，匪帮在抢劫了一场以后同到店里聚餐。上尉满面笑容，他独占着那些女人，把她们当作一种熟识的事物看待，品评她们、吻她们、嗅她们，估量她们身价——卖笑姑娘的身价。那三个少年想自作主张各自选择姑娘，上尉用权威态度反对起来，主张以官阶来做分配才公正，才不损害阶级制度。

因此为了避免任何争执，任何辩论和任何因为偏私而起的怀疑，他把她们五个人按照身材高矮排成一个行列，随即以发号施令的音调向那个最高的姑娘发问：“你名叫什么？”她高声应道：“葩枚拉。”

咬文嚼字

发号施令：发布命令；下达指示（多含贬义）。

于是上尉喊道：“第一名葩枚拉，归营长。”

然后他拥抱了第二名白隆婷，显示自己的主人翁身份，接着把肥胖的阿孟妲分给中尉维克多，“西红柿”艾佛分给中尉弗利茨，剩下来的就是那个乐石儿了。她的身材最为矮小，是个栗色头发的年轻犹太女子，眼珠黑如墨汁，鼻梁弯弯，印证着那条规律，即号称把鹰钩鼻子配给犹太民族的规律，她被上尉分给了那个最年轻的军官，即身体不算结实的威廉·艾力克侯爵。

她们各个体态丰腴，脸蛋俊俏，面容似乎没有多大差别，因为在官办妓院中的相同生活和日日卖笑，姑娘们的仪态、肤质几乎变得一般无二了。

三个少年人都借口要用刷子和肥皂给她们清洁一下，声明要马上带走分配给他们的那几个女人。不过精明的上尉对此持否定态度，他很有把握地认定这些姑娘为了晚宴保准已经清洁过了，而且那些要上楼的人在下楼的时候肯定希望交换。上尉丰富的经验使他取得了胜利。因此，饭厅里仅仅只是不断接吻，在等候之中的多次接吻。

咬文嚼字

声明：①公开表示态度或说明真相。②声明的文告。

献殷勤：为了讨别人的欢心而奉承、伺候。

乐石儿忽然透不过气了，剧烈地咳嗽着，眼泪都咳了出来，鼻孔里喷出了一点儿烟，原来侯爵在和她接吻时乘机将一口烟吹进了她的嘴里。不过，她没生气，也没吭声，只是盯着侯爵，乌溜溜的一双眼眸(móu)中怒气尽显。

众人围坐在饭桌四周，营长好像也很开心，他左拥右抱着这两个姑娘，右边葩枚拉，左边白隆婷，在展开餐巾的时候，他高声说："你的主意真棒，上尉。"

维克多和弗利茨两个中尉都是彬彬有礼的，好像陪着上流社会的女宾，他们如此做派使得同坐的女人都有点儿不好意思了。而凯尔韦因施泰因子爵则是彻底地得意忘形了，只见他笑逐颜开，满嘴粗话，好像他那圈红头发使他着了火一般。他用莱茵河流域的法语来献殷勤，他那些从

门牙的缺口喷出来的下等酒馆的恭维话，夹在一阵唾沫星儿中间溅到了姑娘们的脸上。

不过她们不明白他说了一些什么，她们的聪明似乎只在他吐出一堆堆的下流言词的时候，吐出一堆堆被他的土音丑化的刺耳成语的时候才显露出来。如此一来，她们就一齐发疯似的开始大笑，倒在她们身侧的男人肚子上边，复述着那些被子爵为了使她们说些污秽语言而故意曲解的成语。她们漫不经心地说着那种语言，第一轮的葡萄酒已经灌醉了她们，她们恢复了本来面目，展开了固有作风，忽左忽右吻着身边男人的髭须，搂着旁人的胳膊，发出种种震耳的叫唤，随意乱喝旁人酒盅里的酒，唱着好些首法国曲子和几段因为日常和敌人往来学来的德国曲子。

那些男人受到这种陈列在鼻子和手掌下面的女人肉体的刺激，很快也都放浪形骸了，他们叫喊着，打碎了许多杯盘碗碟。同时他们的背后，许多神情木然的小兵正伺候着他们，只有那位营长多少还尚存一点儿体统。

名师指津

从这段描述中可以看出德国军官们的丑态，在战争的背景之下，这样的放纵更加难以让人理解和接受。

“菲菲小姐”早将乐石儿抱在膝头上，不动声色地兴奋起来。有时候，“她”仿佛发痴一般吻着她脖子上的那些卷起来的乌木般的头发，从她的衣裳和皮肤之间微嗅着她的美妙的体温和她身上的一切香气。有时候，“她”从她的衣裳外面生气似的捏得她叫唤，“她”受到了一种暴怒的兽性的控制，“她”是故意虐待她的，根据自身感到的虐待女人的需要使“她”兴奋。“她”频繁地用两只胳膊搂着她，紧得似乎要把自己的身子和她的身子混合成一个，“她”长久地把自己的嘴唇压在那犹太女子的鲜润的小嘴巴上吻着，使得她不能够呼吸，“她”蓦地一下狠狠咬着她的嘴巴，一缕鲜血从青年女子的下颌边流下来滴落在她的胸襟上。

还有一次，她给自己洗濯那条伤口，面对面地瞅着“她”，低声慢气地说道：“这笔账是要还的。”“她”发出无情的笑声：“我会还的。”

已经到了饭后吃甜食水果的时候了，有人斟上了香槟酒。营长站起来，举起杯子用那种俨然是向他们的皇后奥古思妲恭祝圣安的音调说道：“为在座诸位高贵女宾的健康，干杯！”

接着无数举杯致贺的颂词开始了，那是一些老兵式的和醉汉式的殷勤献媚的颂词，其中掺杂了好些下流的诙谐，并且因为对语言的无知，愈发显得粗鄙。

咬文嚼字

掺杂：混杂；使混杂。

军官们这一个说完坐下去另一个又站起来致词，个个搜肠刮肚、竭尽全力想使自己变得滑稽；姑娘们醉醺醺的，一个个东倒西歪，视线模糊，嘴唇发腻，每次都拼命鼓掌。

上尉无疑是想使这种大吃大喝的场面增加一种风流的空气，他高声说道：“为恭祝我们爱情上的胜利而干杯！”

维克多中尉如同一头狗熊，喝得东倒西歪，此刻，他兴致勃发、酒气熏人地站起来。酒醉后那种突如其来的爱

国主义情绪使他热血上涌，于是他喊道："为我们征服法国，干杯！"

姑娘们都醉了，一时间她们无人言语，但是乐石儿却气得浑身哆嗦，她偏过头来说道："你知道，我是认得法国军队的，在他们面前，你不会说这样的话。"

矮小的侯爵一直抱着她坐在膝头上，不过此刻葡萄酒的酒劲儿令他异常兴奋，他说："哈！哈！哈！我从未见过法国军队，一旦我们出现，法军就溜之大吉了！"

那姑娘十分生气，对着他的脸怒斥："你撒谎，脏东西！"他就像起初直愣愣地望着那幅被他用手枪射穿了的油画一般，睁着那双亮晶晶的眼睛望了她近一秒钟，接着他笑道："哈！对呀，我们来谈他们吧，美人儿！如果他们勇敢无畏，我们岂会在这儿？"他异常兴奋地说："我们是他们的主人，法国是属于我们的！"

乐石儿一下子离开了他的膝头，坐到了自己的椅子上。他站起来，举起他的酒杯一直送到桌子中央，嘴里重复着："法国是属于我们的，法国的人民、山林、田地、房屋，都是属于我们的！"

其余的那些大醉的人，在一股军人的热情的驱使下，兽性大发，一齐举起杯子狂吼："普鲁士万岁！"然后一饮而尽。

姑娘们吓得缄口不言，半句抗议之词也不敢出口。乐石儿浑身发软，无力回答，因此不再开口了。

咬文嚼字

缄口：闭着嘴（不说话）。

此时，矮小的侯爵把手里的杯子重新斟满了香槟搁在

犹太女子的头上，嚷道：“所有的法国女人，也是属于我们的！”

她猛地站起身来，酒杯蓦然倾倒，杯中金黄澄澈的酒液好像举行洗礼一般都倒在她的头发上，杯子掉在地上，摔得粉碎。她嘴唇颤抖、横眉怒目地斜觑着那个始终嬉笑的军官，然后，用一种被怒气噎着的声音含含糊糊地说：“这种话，这种话，这种话不对，这算什么，你们得不到法国的女人。”

侯爵为了笑得更自在一些就坐下了，并且用德国字音模仿巴黎人的语调：“说得很好，那么你到底为什么来这儿，小女子？”

她呆住了，起先，由于慌张她没听明白，因此未曾开口。接着，立刻明白了他的意思，于是她恶狠狠地反驳：“我！我！我不是个女人，我是个妓女，普鲁士人要的只能是这个。”

她话没说完，他就啪地扇了她一个耳光。不过正当他重新举起手预备再打的时候，狂怒中的乐石儿从桌上抄起一把吃点心的银质小刀，在迅速得让人简直来不及看见的瞬间，把小刀直挺挺地捅进他的脖子里，正好捅在喉头下面锁骨中间的缝隙里。

> **名师指津** 不论是何种身份，每个人都是有尊严的，我们必须明白，尊重他人是十分重要的做人准则，否则可能会引火烧身。

小刀将他正在说着的那句话截断在喉管中，他瞪起一双吓人的眼睛，张开嘴巴不动了。

全体军官都狂吼着、慌乱地站起来，乐石儿把自己的

椅子向维克多中尉的双腿中间扔过去，中尉就直挺挺地躺在地上了，她在旁人没有来得及抓到她以前就推开窗子，跳到黑暗中，从一直没停的雨中逃走了。不到两分钟，“菲菲小姐”就死了。此时，弗利茨和维克多拔刀出鞘(qiào)，想要屠杀那些在他们膝头上的妇人，少校好不容易才制止了那场屠杀，命人将那四个吓坏了的女人关在一间屋子里，再派两个小兵保护着。接着他就像部署一次战斗一样安排了他的部下，组织了队伍去追缉在逃的姑娘，他相信绝对能够抓住她。五十名接受命令的小兵扑到

古堡的园子里去了，另外还有两百名开始搜索那个河谷里的所有的人家和树林。

餐桌立刻腾空，此刻成了“菲菲小姐”的停尸床，那四个严酷的、酒醒了的军官都显出执行任务时军人的无情面目站在窗口边，看着窗外的夜色。

雨一直下个不停，仿若激流。一片连续不断的水声充塞了黑暗世界，落下来的水，流着的水，滴着的水，迸射着的水，合拢来组成了一片飘荡的模糊声音。

咬文嚼字

充塞：塞满；填满。

突然一声枪响，接着远远地又是一声枪响，并且在四小时中间，不断响起或远或近的枪声和好多集合归队的叫声，以及好多用硬腭音发出来好像召唤似的古怪语句。

清晨，所有奉命搜捕的人都已返回，其中两人死亡，三人受伤，那都是他们自己人在黑夜追缉的慌乱和驱逐的狂热中干出来的。

他们一无所获。

如此一来，河谷里的居民们受到了恐吓，房屋受到了破坏，所有地方都被他们踏勘过、搜索过、翻找过。那个犹太女子却踪迹全无。

师长闻听此事，命令要隐瞒此事，以免坏的榜样传到整个部队里，同时惩罚营长的军纪松懈，营长也处罚了他的下属。师长说：“我们打仗，为的不是娱乐和嫖妓。”法勒斯倍伯爵恼怒至极，决定向当地人报仇。

不过，应该找一个借口来使报复性的惩罚不显得勉强，

他派人将本堂神父找来，命令他在艾力克侯爵下葬的时候敲钟表示哀悼。

出乎意料，那教士表示了服从，并且充满敬意。“菲菲小姐”的出殡日期到了，小兵们抬着“她”的尸体从雨韦古堡向着公墓走，在前引路的、在柩边防护的和跟在后面的全是荷枪实弹的小兵。此时，礼拜堂的钟首次带着一种轻快的意味，奏响了哀悼之声，似乎正有一只富于友谊的手在爱抚它似的。

咬文嚼字

出殡（bìn）：把灵柩运到安葬或安厝的地点。

傍晚时分，钟声再次响起，第二天同样响起，随后天天如此。它随人的意思奏出大钟小钟合奏的音乐，有时候甚至在夜间，它也独自欣然摇摇晃晃在黑影里从容不迫地响那么两三声，一副莫名其妙快乐起来的样子。是它醒了吧，无人知晓那是为什么。此地农民猜它是中了邪，因此除了神父和管理祭器的职员两个人之外，无人再到钟楼附近去了。

其实，钟楼上面住着一个可怜的女子，她在忧郁和孤

英语学习馆

重点词语： 杯子：cup [kʌp]；世界：world [wɜːld]；

部队：force [fɔːs]

相关词组： 纸杯：a paper cup；

世界地图：a map of the world；

战略核部队：strategic nuclear forces

寂中生活，而在暗地里供给她饮食的正是那两个人。

她在钟楼上一直待到德意志的部队离开为止。接着某日傍晚，神父借了面包店的敞篷马车，亲自把这个由他看守的女子一直送到鲁昂的城门口。车到目的地，神父拥抱了她一下。她下了车，快步返回妓院，妓院老板娘还以为她早已死了呢。

不久，一个不拘成见的爱国人士敬佩她当日的英勇行动，把她从妓院里带出来，并且爱上了她，后来他们结了婚，使她也成了值得敬重的夫人。

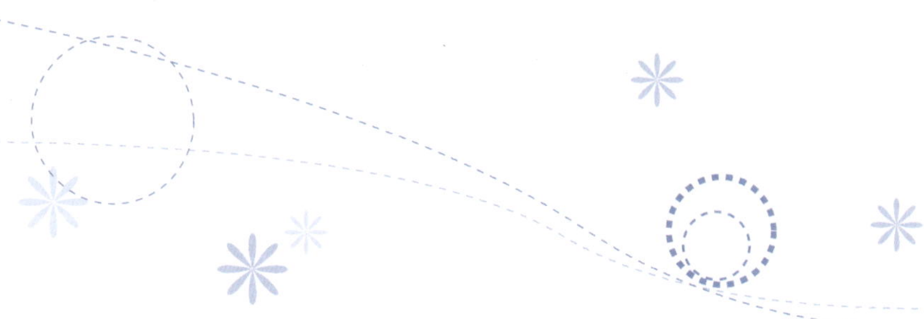

拓展阅读

乐石儿的职业，在许多人眼里是低贱的，为他们所不齿。然而，就是这样一个深受他们鄙夷的人，用实际行动捍卫了祖国的尊严。面对敌人的暴力威胁，她毫不畏惧，不顾自己的生命安危，勇敢地杀死了侵犯并侮辱她祖国的普鲁士人。这份胆识和魄力，会令世间多少只会用语言“爱国”的人汗颜！这个故事也让我们明白，对于祖国的爱，并不因人的身份、地位的不同而不同，每一个爱国的人，都是崇高、伟大的。

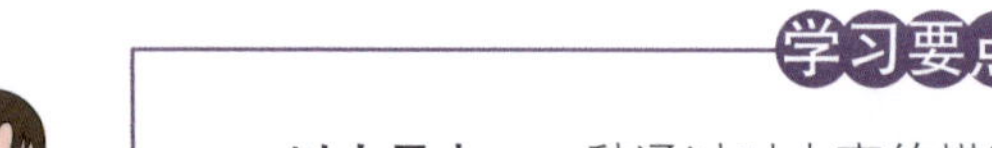

以小见大：一种通过对小事的描写可以体现大节，或通过对一小部分的描写可以展示整体的写作手法。在写作中，作者对某一形象进行强调、取舍、浓缩，以自己独到的想象对某个局部集中描写或延伸放大，以便能够更加充分地表达作品的中心思想。这种以小见大、以一点观全面的表现手法，可以为写作者提供很大的创作空间和无限的艺术表现力，同时给读者带来广阔的想象空间，使其更加容易地获得生动的情趣和丰富的联想。如本文中对被普鲁士军人破坏的古堡的惨状的描写，看似只是一个古堡受到严重的损坏，实则象征了当时整个法国社会的民生、经济、文化等方面都因为战争而受到严重的打击。

虚实结合：指把抽象的述说与具体的描写相结合，或者是把眼前对现实生活的描写与回忆、想象结合起来。如“他们望着那些压在暴雨下面的大树，那条笼在低云中间的宽大河谷，以及远处如同一把灰色长锥似的竖在风暴里的礼拜堂钟楼。”此处写晦暗阴沉天气中的景物，令读者联想到在普鲁士人蹂躏下的法国四处凋零的景象。

写作借鉴

好词

无精打采　庄严　倜傥　浅酌慢饮　尽善尽美　坐立不安　荡然无存　悄无声息　付之一笑　气喘吁吁

好句

· 简直可以说那是由一只愤怒的手泼下来的，它斜射着，密如帷幕，宛若雨墙，雨墙上显出无数密密的斜纹。

· 少校肩宽体大，一嘴扇形的长髯铺在胸前。他那种大人物的庄严风采，使人想象到一只戎装的孔雀，一只可以把展开的长尾挂在自己下巴上的孔雀。

· 末了，在一股爆炸的力量震撼摇动了这座古堡之后，他们急忙一窝蜂地朝客厅冲去。

· 她猛地站起身来，酒杯蓦然倾倒，杯中金黄澄澈的酒液好像举行洗礼一般都倒在她的头发上，杯子掉在地上，摔得粉碎。

项链

玛蒂尔德是个美丽的女子，一直希望自己能过上高贵、富足的生活，但她出身低微，又嫁给了一个普通的小科员，只能过平凡的日子。这天，丈夫为了讨她欢心，拿回了一张舞会的邀请函，她欣喜之余，却忧心舞会的穿戴。丈夫省下买猎枪的钱为她添置了一件礼服，她又去有钱的朋友那里借了一条钻石项链，这才觉得可以参加舞会了。那么，舞会上，玛蒂尔德会有什么样的表现呢？舞会后，又会发生哪些事情呢？让我们来欣赏这篇作品吧！

但凡容貌俏丽的女子，往往像是被命运捉弄似的。我们此刻要说的这一个恰恰如此。她没有陪嫁的资产，没有希望，没有任何方法使得一个既有钱又有地位的人认识她、了解她、爱她、娶她，最后，她勉勉强强地和教育部的一个小科员结了婚。

不能够讲求装饰，她是朴素的，但是不幸得像是一个降了等级的女人；因为妇女们本没有阶级、门第之分，她们的美、她们的丰润和她们的诱惑力，就是供她们作为出身和家世用的。她们中间有等级之分仅是靠了她们天生的机警、出众的本能、柔顺的心灵，这些东西可以使百姓家的女子和最高贵的妇人并驾齐驱。

咬文嚼字

机警：对情况的变化觉察得快；机智敏锐。

她认为自己生来就是为了享受世间所有华美豪奢之物的，故而长久地痛苦不已。房屋的寒碜(chen)、墙壁的粗糙、家具的陈旧、衣料的庸俗，都使她异常心酸。如此种种，在别的与她境况相当的妇人眼中，大概只会忽略，可是她偏偏为此神伤、为此懊恼。那个替她照料琐碎家务的布列塔尼省的小女佣的样子，使她产生了种种忧苦的遗憾和胡思乱想。她梦想那些优雅的厅堂，蒙着东方的帷幕，点着青铜的高脚灯檠，还有两个身穿短裤子的高个儿仆人，躺在宽大的椅子上，被暖炉的热气烘得直打盹儿；她梦想那些披着古代壁衣的大客厅，那些摆着无从估价的瓷瓶的精美家具；她梦想那些精致而且芬芳的小客厅，自己到了午后五点左右，就可以和男朋友在那儿亲切地闲谈，那些朋友都是妇女垂涎的、渴望青睐的知名人士。

但是事实上，她每天吃晚饭的时候，就在那张小圆桌

跟前和她的丈夫相对而坐，桌上盖的白布要三天才换一回，丈夫把那只汤盆的盖子一揭开，就用一种高兴的神情说道："哈！好肉汤！世上没有比它更好的……"

名师指津

这段话是一个转折，之前叙述的种种美好原来都是想象而已。将梦想和现实进行对比，反映出两者之间的巨大差距，为后文的展开埋下了伏笔。

因此她又梦想那些丰盛精美的筵(yán)席了，梦想那些光辉灿烂的银器皿，梦想那些满绣着仙境般的园林和古装仕女以及古怪飞禽的壁衣；她梦想那些用名贵的盘子盛着的美味佳肴，梦想那些在吃着一份肉色粉红的鲈鱼或者一份松鸡翅膀的时候，带

着爽朗的微笑去细听的情话。

但她一无所有——好衣服、珠宝首饰等。然而她却对此情有独钟，笃定自己生来就是为了享受如此精妙绝佳之物的。她早就指望自己能够取悦于人，能够被人羡慕，能够有诱惑力而且被人追求。

咬文嚼字

羡慕：看见别人有某种长处、好处或有利条件而希望自己也有。

她有一个有钱的女朋友，一个在教会女学里的女同学，然而如今已经不再想去看她，因为

看了之后回来，她总会感到痛苦。她会因为伤心，因为遗憾，因为失望并且因为忧虑，接连苦闷地哭泣数日。

不过有一天晚上，她丈夫得意扬扬地带回了一个大信封。

“瞧吧，”他说，“这东西是专为你预备的。”她急忙拆开信封，从里面抽出一张请帖，上面印着如下语句：

“教育部长若尔日·郎波诺暨夫人荣幸地邀请骆塞尔先生和骆塞尔太太参加一月十八日星期一在本部大楼举办的晚会。”

她丈夫本以为她绝对会很高兴，没想到她居然带着伤心而且生气的样子把请帖扔到桌上，冷冰冰地说：“你让我拿着这东西怎么办？”

“可是，亲爱的，我原以为你会满意的。你素来不出门，

咬文嚼字

素来：从来；向来。

英语学习馆

重点词语：家具：furniture [ˈfɜːnɪtʃə(r)]；

首饰：jewellery [ˈdʒuːəlri]；

晚会：evening [ˈiːvnɪŋ]

相关词组：办公室家具：office furniture；

金首饰：gold jewellery；

晚礼服：evening dress

而这是一个机会，一个好机会！我竭尽全力才把它弄到手。人人都想要请帖，可是很难弄到手，在晚会上你将会看见政界的所有人物。”

她用一种暴怒的眼光瞧着他，最后她不耐烦地高声说：“你让我穿什么到那儿去？”

此事，他从没想到过，就吞吞吐吐地说：“你看戏时穿的那件裙袍就很好，我……”

他吃惊地看着妻子流下了眼泪，顿时闭口不言，心中不明所以。

两大滴眼泪慢慢地从她的眼角向着嘴角流下来，他慌忙问道：“你怎么啦？你怎么啦？”

她用一种坚强的忍耐心抑制住了自己的痛苦，擦着自己那润湿了的脸蛋儿，同时用一种平静的声音回答：“没什么，可是我没有衣裳，因此我不能去这个晚会。你如果有一个同事，他的妻子能够比我打扮得更好，你就把这份请帖送给他吧。”

他发愁了，接着说道：“这样吧，玛蒂尔德，要花多少钱买一套像样的衣裳，以后遇到机会你还可以再穿的，简单一些的？”

她考虑了好几秒钟，确定她的盘算，同时也考虑到这个数目务必不至于引起这个节俭科员吃惊、叫唤和断

名师指津

玛蒂尔德知道丈夫的经济能力，也很清楚家庭的状况，为了得到新衣服，她只能小心谨慎地思考和盘算。

然的拒绝。

最后她犹犹豫豫地回答："我不知道具体该有多少，但是我认为四百法郎应该差不多了。"

他的脸色稍稍发青，因为他手里恰好存着这样一笔钱，原本打算去买一支枪，使得自己在今年夏天的星期日里，可以和几个打猎的朋友到南兑尔那一带的平原去打鸟。

不过他却回答道："好吧，我给你四百法郎，但是你要想法子去做一套漂亮的裙袍。"

晚会的日期已经近了，骆塞尔太太似乎在发愁，忧心忡忡，十分焦躁的样子，尽管她的新裙袍已经做好了。她丈夫有天傍晚问她："你怎么啦？想想吧，三天以来你显得十分异样。"她说："没有一件首饰，没有一颗宝石，一件也没有，这件事真教我心烦，简直太穷酸了！这会儿我情愿不去赴这个晚会。"

他随即说道："你可以插戴几朵鲜花，在现在的时令里，那是很出色的。花十个法郎，你可以买到两三朵很好看的玫瑰花。"但她一点儿也没被说服。

"不行……世上最让人丢脸的，就是在许多有钱的女人堆里露穷相。"

名师指津

通过这句语言描写，可以看出玛蒂尔德是一个非常虚荣的人，她非常看重自己的面子。这也为她此后的遭遇埋下了伏笔。

她丈夫忽然高声叫道："你真糊涂！去找你的朋友

伏来士洁太太，向她借点首饰，你和她的交情，是可以开口的。”

她开心地叫道：“的确。我怎么没想到呢！”

第二天，她就到她朋友家里，并说明了来意。

伏来士洁太太立刻走到她那座嵌着镜子的大衣柜跟前，取出一个大首饰盒，拿过来打开，对骆塞尔太太说：“你自己选吧，亲爱的。”

她首先看见几只手镯，接着是一个用珍珠镶成的项链，一个威尼斯款式的金十字架，镶着宝石的，做工十分精细。她在镜子跟前试着这些首饰，犹豫不定，舍不得摘下来。

她一直问着：“还有其他的吗？”

“有的是，你自己找吧，我不知道你中意哪件。”

她突然在一只黑缎子做的小盒子里，找到了一串用钻石镶成的项链，那东西完全盖过了其他首饰，因此她的心由于一种强烈的欲望跳了起来。她拿着那东西的时候手直发抖，她把项链绕着脖子戴在她那长长的高领上，对着镜子里的自己出了半天的神。

随后，她带着满腔的顾虑犹豫地问道：“你可以借这东西给我吗？我只借这一件。”

“当然可以，当然可以。”

咬文嚼字

中意：合意；满意。

她一下子搂住她朋友的颈项，热烈地吻了又吻，最后，她带着这件宝贝很快走了。

晚会的日子到了，骆塞尔太太取得了极大的成功，她比所有女宾都要漂亮、时髦、迷人，她不断地微笑，快活得几乎发狂。所有男宾都望着她出神，打听她的姓名，想方设法求人把自己引到她跟前做介绍，本部机要处的人员都想和她跳舞，连部长也注意到她了。

名师指津

玛蒂尔德已经征服了在场的人，她尽情享受着这种美妙的感觉。一方面说明了玛蒂尔德的虚荣心得到了满足，另一方面则为故事的发展做了铺垫。

她用陶醉的姿态舞着，用兴奋的动作舞着，她沉醉在欢乐里，她陶醉于自己容貌的胜利，陶醉于自己成功的光荣，陶醉于人们对她的赞美和羡妒所形成的幸福的云雾里，陶醉于妇女们所认为最美满、最甜蜜的胜利里。

凌晨四点钟左右她才离开。她丈夫从半夜十二点钟左右，就和其他三位男宾在一间无人理会的小客厅里睡着了，这三位男宾的妻子也正舞得快活。

他在她的肩头披上了那件为了上街而带来的衣裳，这是一件俭朴的家常衣裳，这东西的寒酸气与舞会里服装的豪华气派是不相称的。她想到这点，于是为了避免另外那些裹着珍贵皮衣的太太们注意，她竟想逃遁了。骆塞尔拉住她，说："等等，这样出去，你会受寒的。我去找一辆马车来吧。"

咬文嚼字

逃遁 (dùn)：逃跑；逃避。

但是她根本就不听他的，急匆匆走下台阶。然而，在街上竟不能找到车了。因此二人开始寻找，追着那些他们远远望得见的车子。

他俩沿着塞纳河走下去，二人很是失望，冷得浑身直哆嗦。最后，二人在河沿上找到了一辆像是夜游病者一样的旧式马车。这样的车子白天在巴黎仿佛感到自惭形秽，

因此要到天黑以后才看得见它们。

车子把他俩送到殉教街的寓所大门外，他俩惆怅地上了楼。对她来说，这一切已经结束了。但是他呢，却想起自己上午十点钟应当到部里。

她在镜子跟前脱下了披在肩头的衣服，想再次端详无比荣耀的自己。忽然她发狂地叫了一声，那串戴在脖子上的项链，那串钻石项链不见了！

此刻，已经脱了一半衣裳的丈夫急忙追问道："怎么啦？"

她傻愣愣地转身过来看着他："不见了……不见了……伏来士洁太太借给我的那串项链不见了。"

名师指津：连续使用三个"不见了"，表现出玛蒂尔德焦急的心情，不仅更好地刻画出了人物形象，也令读者为玛蒂尔德的命运担忧起来。

他站起身来，惊慌地叫道："什么！……怎么会这样！……怎么会这样！"

接着二人仔仔细细、认认真真地将那件裙袍里里外外翻了一个遍，项链踪迹全无。

英语学习馆

重点词语：鲜花：flower ['flaʊə(r)]；项链：necklace ['nekləs]；
号码：number [ˈnʌmbə(r)]

相关词组：花园：a flower garden；
一条钻石项链：a diamond necklace；
号码牌：number plate

他问道：“你能够肯定离开舞会的时候还戴着那东西吗？”

“没错儿，我在部里的走廊上还摸过它。”

“但是，如果是在路上丢的，我们应该能够听到声响。它应当在车子里。”

“不错，这是可能的。你有没有记下车子的号码？”

“没有，你呢，你那会儿也没有注意？”

“没有。”他俩目瞪口呆，最后面面相觑，骆塞尔重新穿好衣裳。

咬文嚼字

面面相觑：你看我，我看你，形容大家因惊惧或不知所措而互相望着，都不说话。

“我去，”他说，“我去把我俩步行经过的路线再走一遍，去看看是否可以找得着它。”

然后他上街了，她呢，连睡觉的气力都没有，一直没有换下那套参加晚会的衣裳，就靠在一把围椅上，屋子里没有生火，她脑子里思绪全无。

她丈夫在七点钟回到家，一无所获。

他走到警察总厅和各报馆里去悬赏，又走到各处出租小马车的公司，总而言之，只要有一线希望的地方都走了一遍。

她面对这种骇人的大祸，在惊愕状态中整整地等了一天。

骆塞尔在傍晚的时候带着瘦削、灰白的脸回来了，仍是一无所获。

“应当，”他说，“写信给你那个女朋友说你弄断了那串项链的搭钩，此刻正在让人修理。这样我们就可以有周转的时间。”

咬文嚼字

周转：指个人或团体的经济开支调度或物品轮流使用。

她在他的口授之下写了这封信。

一周过去了，他们所有的希望都破灭了。而骆塞尔似乎一下子老了五岁，他决然地说道：

“现在应当设法去赔这件宝贝了。”

第二天，他们带着装那件宝贝的盒子，照着盒子里面的招牌字号到了珠宝店里，店里的老板查过了许多账簿。

“太太，这串项链并非鄙店所售，我仅仅做了这个盒子。”

因此二人到一家家的首饰店去访问，寻觅一件和丢失的那件首饰相同的宝贝，依照自己的记忆做参考，他俩由于伤心和忧愁都快病倒了。

他们在故宫街一家小店里找到了一串用钻石镶成的项链，他们觉得这正像他们寻觅的那一串，标价四万法郎，店里可以以三万六千法郎卖给他俩。

他们央求那小店的老板在三天之内不要卖掉这东西，而且还说好了条件：如果原有的那串在二月底以前找回来，店里就用三万四千法郎收这串回去。

骆塞尔手头本有一万八千法郎，这是他父亲先前留给他的。余款就必须靠借了。他开始借钱了，向这个借一千法郎，向那个借五百，向这里借五枚路易金元，向那里又借三枚。他签了许多借据和许多破产性的契约，与放高利贷者，形形色色、不同国籍的放款者来往。他赌上了自己后半生的前程，他不计后果地签上了自己的姓名，并且，想到了以后的苦恼，想到了即将压在他身上的黑暗、贫穷，想到了整个物质上的匮乏和所有精神上的折磨所构成的远景，他感到害怕，终于走到那个珠宝商人的柜台边放下了三万六千法郎，取走了那串新项链。

名师指津

为了满足玛蒂尔德的虚荣心，骆塞尔将要面临前所未有的压力，可是他没有办法，只能硬着头皮往前走。从这里可以看出，骆塞尔是一个敢于担当的人。

在骆塞尔太太送还项链的时候，伏来士洁太太用一种不高兴的神情向她说："你该早归还的，说不定我要用它呢。"

伏来士洁夫人那会儿并没有打开那只盒子，这正是她的女朋友担忧的事。假如她看出端倪，会怎么看这件事？她岂不是要将自己的朋友当贼看？

骆塞尔太太体味到了穷人度日的艰辛。此外，她突然显出了英雄气概，毅然决然地打定了主意，那笔骇人的债是必须偿还的。她打算将这笔债一分不少地偿还。他们辞退了女佣，搬了家，租了一间阁楼住下。

她开始做种种家里的粗使工作和厨房里讨厌的日常杂事了。她洗濯杯盘碗碟，在罐子锅子的油垢底子上磨坏了

咬文嚼字

洗濯(zhuó)：用水或汽油、煤油等去掉物体上面的脏东西。

那些玫瑰色的手指头。内衣和抹布都由她亲自用肥皂洗濯再晾到绳子上。每天早起，她搬运垃圾下楼，再把水提到楼上，每走完一层楼，就得坐在楼梯上喘口气。而且衣着打扮完全是一个平民妇人了，她挽着篮子走到蔬菜店里、杂货店里和肉店里去讨价还价，与人口角，一个铜子一个铜子地节省她那少得可怜的零钱。

每月他们都要收回好些借据，同时另外立几张新的去暂缓日期。

她丈夫在傍晚的时候替一个商人誊清账目，往往直至深夜，他还得抄录那种五个铜子一面的书。

这种生活持续了十年之久，十年后，他俩竟还清了所有债务，包括高利贷者的利钱和利滚利的那些钱。

名师指津

从玛蒂尔德现在的样子来看，她已经远离了自己的幻想，变成了一个非常能干的家庭主妇。这种情况和她以前的梦想相去甚远，不能不说这是一种讽刺。

骆塞尔太太好像变老了，如今，她已经变成了贫苦人家的粗壮勤劳的妇人了。头发随意挽着，裙子斜系着，露着一双发红的手，高声说话，用大桶的水洗地板。不过有时候，她丈夫办公去了，她一个人坐在窗前，就会想起以前的那个舞会，在那里，在那时，她是那么美、那么快活。如果那时那件首饰没有丢，她如今会有怎样的境界？谁知道？谁知道？人生真是古怪，真是变化无常啊！不管是害你还是救你，只需一点点小事。

某个周末，她正在香榭丽舍大街上兜圈子，来消减一

周以来的疲劳，她突然看见了一个带着孩子散步的妇人。原来是伏来士洁太太，她还是那么年轻，还是那么美丽，还是那么有魅力。

咬文嚼字

魅力：很能吸引人的力量。

骆塞尔太太十分激动。是否要去和她攀谈？是的，当然。并且自己如今已经还清了债务，可以原原本本告诉她，为什么不？于是她走了过去。

“早安，约翰妮。”

那一位根本就认不出她了，以为自己被这个平民妇人这样亲热地呼唤是件怪事，她结结巴巴地说：

“但是……这位太太！……我不认识您……也许是您弄错了。”

“没有。我是玛蒂尔德·骆塞尔呀。”

对方发出了一声惊呼：“噢！……可怜的玛蒂尔德，你真变了样子！”

“是的，我备尝艰辛，自从我上次见过你以后，我的日子可艰难了，不知遇到多少危急穷困，而所有苦楚都是为了你！……”

“为了我……这是怎样一回事？”

“以前，你借了一串钻石项链给我到部里参加晚会，你还记得吧？”

“记得，那又怎样呢？”

“怎样？我丢了那串东西。”

“怎么会！你早已还给我了。”

“我还给你的是另外一串相似的。我们花了十年工夫才还清这笔钱。像我们这样一无所有的人，你要知道这有多难……如今总算还清了债务，我是实实在在地心安理得了。”

读书笔记

伏来上洁太太停住脚步："你是说买了一串钻石项链来赔偿我的那一串？"

"对，你那时没有看出来，是吗？那两串东西本来就很相似。"

说完，她带着得意而又天真的快乐神情笑了。

伏来士洁太太感动不已，抓住她的两只手："唉！可怜的玛蒂尔德，可是我那一串是假的，最多值五百法郎！……"

拓展阅读

玛蒂尔德原本是个爱慕虚荣、追求享受的妇人，正因为她的虚荣，才导致她遭遇了一场巨大的变故。所幸的是，在困难面前，她和丈夫选择了迎难而上，积极主动地解决问题，努力地维持了自己的尊严和信用。她因生活的窘迫而失去了青春和美貌，但同时获得了自信与充实，她的人生态度由浮躁虚幻变为脚踏实地。也正因为这样，使玛蒂尔德的形象具有了象征的意义。读完这个故事，我们是不是受到一些启发呢？例如，人生到底应该追求什么？物质和精神，到底哪个重要？聪明的读者们，相信你们一定已经有了答案。

伏笔：指的是文章或者文艺作品中，在前文中为后文做的暗示或者提示。伏笔有一条主线，这条主线是隐约可见的。主线展开时，会对读者进行一些暗示，情节隐现，使读者在面对情节发展时不会觉得突兀。本文中，前部分写借项链时，伏来士洁夫人把项链收藏在很显眼的地方，暗示它并不贵重；丢项链向珠宝店老板打听时，老板称只售出了匣子，未售出项链；至结尾处突然写到项链是赝品。这样写就使得后文高潮部分进行得顺理成章，而不突兀。

语言描写： 包括人物的独白和对话。成功的语言描写能够鲜明地展示人物的性格，生动地表现人物的思想感情，深刻地反映人物的内心世界。描写人物的语言，不但要求做到个性化，而且还要体现出人物说话的艺术性。如玛蒂尔德发现项链不见了之后，惊慌地说"不见了……不见了……伏来士洁太太借给我的那串项链不见了"，短短的一句话用了三个"不见了"，让人很容易联想到项链的丢失给玛蒂尔德造成的紧张恐惧和张皇失措。

写作借鉴

好词

胡思乱想　光辉灿烂　一无所有　情有独钟　得意扬扬

好句

• 但凡容貌俏丽的女子，往往像是被命运捉弄似的。

• 因为妇女们本没有阶级、门第之分，她们的美、她们的丰润和她们的诱惑力，就是供她们作为出身和家世用的。

• 她们天生的机警、出众的本能、柔顺的心灵，这些东西可以使百姓家的女子和最高贵的妇人并驾齐驱。

• 她又梦想那些丰盛精美的筵席了，梦想那些光辉灿烂的银器皿，梦想那些满绣着仙境般的园林和古装仕女以及古怪飞禽的壁衣；她梦想那些用名贵的盘子盛着的美味佳肴，梦想那些在吃着一份肉色粉红的鲈鱼或者一份松鸡翅膀的时候，带着爽朗的微笑去细听的情话。

• 骆塞尔太太似乎在发愁，忧心忡忡，十分焦躁的样子，尽管她的新裙袍已经做好了。

蛮子大妈

“我”再次来到了已阔别十五年却一直喜爱着的韦尔洛臬村，陶醉在美丽的风光里。当“我”来到曾经关照过自己的一位被称为“蛮子大妈”的房前时，却发现这里已经变成了一片废墟，全然没有了往日的温馨与富庶。“我”向生活在当地的老友打听，才知道了事情的始末。那么，这十五年里，到底发生了什么？蛮子大妈又经历了什么呢？带着这些问题，让我们欣赏这篇小说吧！

一

上一次去韦尔洛臬(niè)，已经是十五年前的事情了。今年秋末，我再一次去了这个地方，因为我要到我的老友塞华尔的围场里去打猎。当我前往的时候，他派人把那座曾经被普鲁士人破坏的古堡重新盖了起来。

这个地方是世界上最美好的一个角落，让人看后会有种神清气爽的感觉和说不出来的喜悦，这勾起了我想身临其境的欲望，因为这个美好的地方也是我的最爱。大地上清澈的山泉、茂盛的树林、凹凸不平的丘陵、绿色的小草，深深地吸引着我们这些平凡的世人。在这种环境下，我们有了美好的回忆和开心快乐的时光，同时我们的心也会随着美好的时光而奔放。我们的思绪不止一次地被带到树林的角落里，或是优美的河岸上，或是一片花朵盛开的果园里，让我们的心胸得以开阔。它们犹如阳光明媚的清晨中一个衣着鲜艳的女人的影子，深刻地留在了我们的心里，还让我们在精神和肉体上拥有了不可磨灭的欲望，同时有种因失之交臂而引起的幸福感。

咬文嚼字

失之交臂：指当面错过，失掉好机会（交臂，因彼此走得很靠近而胳膊碰胳膊）。

我爱的是韦尔洛臬的整个乡村：在那里，大小不一的树林子被抛撒在四处，像人的经脉一样的河溪欢畅地流淌着，同时，虾子、白鲈鱼和鳗鱼在这里也是触手可及的，还可以在小溪边的深草里找到鹧鸪！这里会带给你无穷的乐趣和天堂般的快乐。当日，我跟在我的两条猎狗后面轻快地奔跑着，我的两条猎狗则在前面的草里搜索着自己的猎物。此时的塞华尔在穿过一片苜蓿田，离我有一百公尺左右的距离。我绕过给索德尔森林做界线的那一带的灌木

丛，一座已成废墟的茅顶房子出现在了我的眼前。

突然，我脑子里的一根弦被牵动了起来，想起了一八六九年见到这个茅顶房子的时候，那时候它是干干净净、被包在许多葡萄棚中的。很多鸡在门前嬉闹的情景在我脑海中浮现。世上难道还有比只剩下一堆断壁残垣的废墟更令人伤心的东西吗？

名师指津

此处起到了承上启下的作用。前文交代看到一所废墟，想起这废墟从前是一处非常温馨的房子，然后想起这房子曾经住着一位老妇人，接下来，就该交代老妇人的下落，解释这座房子为什么成为废墟了。

一幅幅的画面在我的脑海中展现出来，我记得一位老妇人在我很疲乏的时候，请我到这里喝了杯葡萄酒。老妇人的丈夫是以打猎为生的，不过早被保安警察打死了，这是塞华尔当时告诉我的。我也见过她的儿子，瘦瘦高高的挺像个打猎的健将。大家都叫他们一家为“蛮子”。这也许是一个姓或是一个代称吧？想起种种发生在这座茅顶房子的事情，我就把塞华尔叫到我的面前，问道：“以前居住在这座房子里的人，现在他们的情况你都知道吗？”

于是他就给我讲了下面的故事。

二

小蛮子三十三岁的时候，也是普法正式宣战的时候，他去从军了，家中只剩下了他那孤苦伶仃的母亲。大家

都知道他的母亲非常富裕，所以很多人都不曾为她担心。她一个人住在坐落于树林子边上并且和村子相隔很远的一所房子里，但是她并不害怕。她的脾气和她的儿子、丈夫很像。她长得又高又瘦，性格刚直，笑容几乎不会挂在她的脸上，以致没有人敢和她开玩笑。在农村，妇人的生活往往都是晦暗、没有生机的，她们的心胸也不开阔，很少让笑容爬到自己脸上去。在乡下，笑只会出现在男人的脸上！只有男人才可以掌控笑容。无论男人们怎么开怀大笑，他们的老婆始终都是一副严肃的面孔。她们习惯了严肃，是不习惯笑容的。这位蛮子大妈独自过着和平时没什么区别的生活。当雪花覆盖了她的茅顶时，她才会去村子里买些食物。她听说外面有狼，每次出去总是背着她儿子的已经锈了并且枪托也坏了的枪防身。她总是以这副模样出现在雪地中，微微驼着背，跨着大步在雪里慢慢地走，黑帽子把她那头从未有人见过的白头发严严实实地遮住了，枪杆子却伸得比帽子高。

咬文嚼字

晦暗：昏暗；暗淡。

有一天，普鲁士的队伍到了。有人把他们分派给居民供养，分配的人数多是根据各家的贫富而定的。老太婆有钱，所以分给她家四个胖胖的、金黄色胡子的、蓝色眼珠的少年。他们虽然遭受了很多煎熬和辛苦，但依然健壮有力，虽然他们来到了被征服的国家，但脾气

倒挺好的。

他们都十分关心这位老太太，不想让她劳累，想尽办法让她省去过多的开销。早晨，蛮子大妈准备早餐，他们四个人用冰雪未融的井水清洗他们结实的肌肉。他们还为她打扫卫生、料理家务，如同对待自己的亲生母亲般对待她。而她心里始终牵挂着她那个又高又瘦、弯钩鼻子、棕色眼睛、嘴上有两撇(piě)胡子的儿子。她就问住在他家里的士兵："我的儿子在法国第二十三边防镇守团里当兵，你们知道他们现在在哪儿吗？"

名师指津

从这段描写可以看出，蛮子大妈和家里供养的四个普鲁士士兵相处得很融洽，并没有因为各自的身份、国籍以及两国的关系而相互仇视。

他们用不标准的带有德国口音的法国话回答："不知道，我们对这一点儿也不知道。"他们知道了她对儿子的担忧和牵挂，于是想到了自己家中的妈妈，就把对自己妈妈的孝顺都寄托在了她的身上，她也很疼爱这四个对她很好的异国的敌人。农人们不会有什么大的仇恨，有这种仇恨的只是高层人士。本来人们就被贫穷和新的负担压垮了脊背，还要遭受战争的危害和被人杀的厄运。他们没有能

重点词语： 警察：police [pə'li:s]；

食物：food [fu:d]

相关词组： 警犬：police dog；

食物链：food chain

英语学习馆

力反抗，他们的命运是最悲惨的，付出的代价也是最高的。所以他们并不关心战争和最终导致双方精疲力竭的战争策略。

咬文嚼字

精疲力竭：精神非常疲劳，体力消耗已尽，形容极度疲乏。也说精疲力尽。

有人谈到居住在蛮子大妈家中的那四个德国兵时总是说："那四个人在那里找到了安身之处。"

某天早上，老太太一个人待在家里的时候，看到了负责分送信件的乡村邮差向她家走来。她把自己的那副老花镜从眼镜盒里拿出来戴上，随后打开信读起来：

蛮子太太，我们要告诉您一个特别坏的消息，昨天一颗炮弹把您的儿子威克多炸成了两段。由于我们连队离得很近，所以我当时看到了这一幕，他曾经告诉我，如果他某天有什么不测的话，让我当天就通知您。

我准备打完仗后把他口袋里的那只表交给您。

我代表第二十三边防镇守团亲切地向您致敬。

第二十三边防镇守团二等兵黎伏启

这是一封三个星期前写的信。

看完信后，她很受打击。她并没有放声大哭，只是呆呆地一动也没动地站在原地。她一想到"威克多死了，被人打死了"，眼泪就涌了出来，她伤心到了极点。很多使人痛苦、伤心的事情在她的脑袋里一幕幕出现。她再也见不到她的儿子，更抱不上她的儿子了。自己的丈

名师指津

人在极度伤心之时，往往难以当即放声大哭，因为剧烈的悲恸已经摧毁了人的心神。此时的蛮子大妈，在失去丈夫之后又失去了相依为命的儿子，已经彻底绝望了。

夫被保安警察打死了，现在自己的儿子又被普鲁士人用炮弹炸死了，想到儿子被炮弹炸成两段的情景她就不寒而栗。她牵挂着儿子的尸体会不会有人安置，怎么安置，会不会像她的丈夫死后那样，尸体被人连着额头当中那粒枪子送回来。

那四个普鲁士人走过来时的嘈杂说话声打断了她的思路。她赶紧把信藏起来，擦干眼泪，带着平日里的神情接待了他们，谁也看不出她的伤心和难过。他们四个人带来了一只偷来的很肥的兔子，满脸的笑意。他们对老太太做了一个大家有口福的手势，于是她开始准备午饭。要杀兔子的时候，她却茫然了，不敢了，虽然她并非第一次杀兔子。这四个兵中，有一个人把兔子给打死了。兔子死后，她把兔子肉剥了出来，看着自己满手带有温度的鲜血，她浑身都在发抖。她就像看到了自己的儿子被炸成两段后鲜血直喷的样子，和这微微抽搐的兔子一样。

咬文嚼字

茫然：①完全不知道的样子。②失意的样子。

那四个兵津津有味地同她在一张桌子上吃着兔子，他们只顾着吃并没有注意她，此时的她一口也吃不下。她只是在一旁注视着他们吃饭。她那稳定的表情，他们是感觉不到什么的。她突然说道：“我们在一起生活了这么长时间，有一个多月了，你们叫什么我还都不知道呢！”她的话，

让他们花了好长时间才搞清楚，她让他们把各自的姓名都写在纸上，同时也让他们写下了各自的家庭住处。她戴起眼镜认真地看着她不认识的字，然后放进了装有和自己儿子有关的那封信的口袋里。

名师指津

普鲁士人杀死了蛮子大妈的儿子，她为什么还对这几个普鲁士士兵这么好呢？此处设下悬念，引起了读者的好奇。

吃完饭后，她对那些兵说：“我来帮你们做事。”

他们见老太太搬来很多干草，放在了他们睡觉的那层阁楼上。他们对她这样做不太明白，她告诉他们这样的话他们晚上睡觉就不会冷了，于是他们也动手搬起来。他们的卧室四面都用干草围了起来，堆到了房顶那么高，在这里面睡觉真是既暖和又舒服。晚饭的时候，蛮子大妈还是没吃一点儿东西，这被他们中的一个看了出来，她谎称自己的胃不舒服，打消了他的担心。四个人见老太太燃起火烘着自己，于是爬上梯子回到了自己的卧室。她把用四方木板做的楼门盖好之后，就把通往他们卧室的梯子撤了下来。为了不打扰他们睡觉，她就在雪里赤着脚把门外的麦秸（jiē）搬进了厨房。他们沉睡的鼾声渐渐响了起来。她计划好了一切，一步一步地实行。她把刚搬进来的麦秸扔进火炉里，等它们燃烧后，就把它们分开放在剩余的未燃烧的麦秸旁边。然后她在屋外等着屋内的大火慢慢地蔓（màn）延。不过短短的几秒钟后，大火吞没了整个茅屋，这个茅屋红得如此耀眼，加上地上雪白的雪作为陪衬，那幅景象是无法用言语形容的。被烧得通红的房子像一座焖炉，火光都想从这个地方挣脱出来，更何况里面的四个德国人呢。他们在里面鬼哭狼嚎般叫喊着、挣扎着。那块用四方木板做的楼门被烧塌后，大火腾空而起，冲入了阁楼，里面杂声一片，整个茅屋被熊熊大火霸道地包围着、吞噬着，不光黑烟弥漫了茅屋的上空，其中的一簇簇火星还不断地射向天空。大火轻而易举地消灭了茅屋里的一切，只留下了一副空架子。

咬文嚼字

耀（yào）眼：光线强烈，使人眼花。

蛮子大妈怕那四个兵中有人跑出来，便拿着枪在被烧毁的房子面前一动不动地站着。当房屋烧尽的时候，她就把她的枪扔进了火里。当德国军人和一些农人赶到的时候，只见老太太安静地、面带满足地坐在一个树桩上。一个法国话说得很好的德国军官问她：“在您家居住的那些兵呢？”

她指了指还未熄灭的红灰，大声地说道：“你可以在那里找到他们。”

她被大家给围住了。那个普鲁士人问：“这场大火到底是怎么发生的？”她回答：“是我点燃了这场大火。”

名师指津

用自己的方式为儿子报仇后，蛮子大妈在这世间已经没有留恋，所以她直接承认了。

大家都认为她被这场大火吓傻了，没人相信她说的话。于是，她把从收到儿子死亡的信开始到怎么计划利用这场

大火把四个兵烧死的经过，详详细细地说了出来。说完后，她从口袋里取出两张纸，戴上眼镜，并借着余火的微光看着其中一张纸说道：“这是一封告知我儿子威克多死亡的信。”

接着她又拿起另一张纸，指了指余火：“这是记有他们的姓名和家庭联系方式的一张纸，到时候可以写信通知他们的家人。”她把这张纸恭敬地交给了那军官，就在这个军官抓住她的双肩的时候，她说道：“您给他们的父母写信的时候一定要告诉他们这件事是我做的。威克多娃·西蒙是我没嫁人的时候的名字，现在我叫蛮子大妈。”

这军官发话让人抓住她，把她推到那堵被大火烧得火热的墙边去。十二个兵在离她大约二十米的地方排好了队，她早已知道等待她的是什么。

一道命令过后，一阵枪声响了起来。但是，这个老婆子只是弯着身躯，她的双腿像粘在了地上似的，并没有倒下。

英语学习馆

重点词语： 消息：message ['mesɪdʒ]；脑袋：head [hed]；睡觉：sleep [sliːp]

相关词组： 留言板：message board；总机构：head office；休眠模式：sleep mode

读书笔记

她的身体几乎被那德国军官砍成了两段，但是那封血迹斑斑的报丧信，依然在她的手里紧握着。

塞华尔接着又说：“德国人把这个地方的属于我的古堡给毁了，他们就是为了报复。”此时的我在想那四个在大火中丧命的兵，以及靠着墙被人枪毙的母亲的残忍的壮烈行动。最后，我捡起了一块小石头，从前那场大火在它上面留下来的烟煤痕迹依然没有褪。

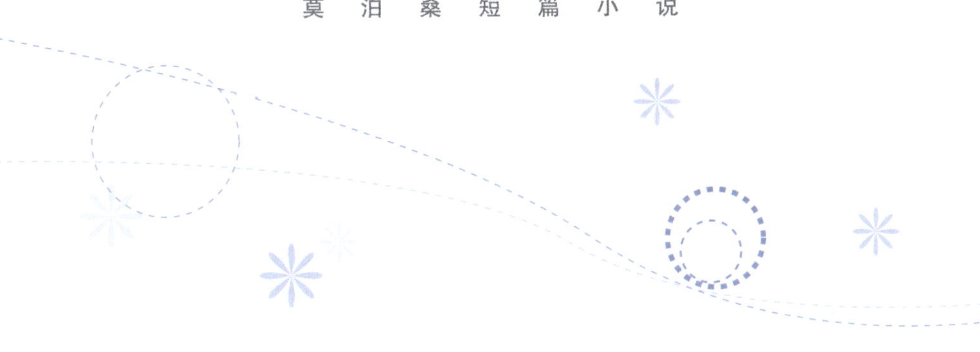

拓展阅读

这又是一个关于普法战争的故事。一个母亲为了给死在普鲁士军队炮弹下的儿子报仇，毅然烧死了供养在家中的原本与自己相处和睦的四个年轻的普鲁士士兵，最终从容赴死。在这篇故事中，我们看到了战争给两国人民带来的伤害，看到了母亲对儿子那深挚的爱。同时我们还应该看到，那四个年轻的普鲁士士兵，在蛮子大妈儿子死亡的这件事上是无辜的，是战争把他们带到了法国的土地上，他们也在日夜思念着自己的母亲和家园。蛮子大妈出于对整个普鲁士的报复而烧死了他们，对于他们来说，是残忍的。从人道主义出发，这种做法是绝对不可取的。

第一人称叙事法： 是指通过“我”的叙述，来向读者传达文章的内容，表示文章中所写的都是“我”的亲眼所见，亲耳所闻，或者就是叙述者本人的亲身经历，使读者得到一种亲切真实的感觉。由于叙述人是当事人，所以叙述的人与事，只能是“我”活动范围

内的人物和事件，活动范围以外的人物和事件不能写进去。本文就采用了第一人称叙事法，以“我”亲眼看见的战争之前的景象和亲耳听到的战争之后的结局构成故事，增强了作品的真实感和亲切感。

倒叙：倒叙并不是把整个事件都倒过来叙述，而是除了把某个部分提前外，其他仍是顺叙的方法。采用倒叙的情况一般有三种：一是为了表现文章中心思想的需要，把最能表现中心思想的部分提到前面，加以突出；二是为了使文章结构富于变化，避免平铺直叙；三是为了表现效果的需要，使文章曲折有致，造成悬念，引人入胜。倒叙时要交代清楚起点。本文即采取倒叙的手法，先是看到原本安居乐业的家庭的住所变成一片废墟，然后再叙述缘由，设置悬念，提高了读者的阅读兴趣，并且突出了中心思想。

写作借鉴

好词

神清气爽　身临其境　失之交臂　触手可及　断壁残垣　孤苦伶仃　严严实实　不寒而栗　津津有味

好句

·大地上清澈的山泉、茂盛的树林、凹凸不平的丘陵、绿色的小草，深深地吸引着我们这些平凡的世人。

·它们犹如阳光明媚的清晨中一个衣着鲜艳的女人的影子，深刻地留在了我们的心里。

·不过短短的几秒钟后，大火吞没了整个茅屋，这个茅屋红得如此耀眼，加上地上雪白的雪作为陪衬，那幅景象是无法用言语形容的。

勋章到手了

萨克勒门生于一个富裕的家庭，从小就渴望拥有一枚勋章，可是一直到娶了妻子，他的愿望也没有达成。看着别人胸前的勋章，他又嫉妒又羡慕。于是，他开始多方走动，尝试各种方法，希望能得到一枚勋章。那么，他最终得到勋章了吗？想要知道答案，就快点儿来读一读这个故事吧！

好些人在出生的时候，就带来了一种支配欲的本能，一种癖(pǐ)好，或者在刚开始说话、想事的时候，就产生了一种欲望。

萨克勒门先生自孩童时代起，就有一个想得到勋章的念头装在脑子里。稍微大一点儿，当然那还是很小的年龄，他就像其他的孩子们那样戴着一顶军帽，挂着好些锌质的荣誉军十字勋章，并且在街道上，扬扬自得地把手交给他

咬文嚼字

自得：自己感到得意或舒适。

母亲牵着，同时挺起他那个被红带子和金属的星形牌子所装饰的小小胸脯。

他马马虎虎地读了几年书，然后被中等教育考试委员会淘汰了，他不知道该怎样办。后来，因为家里有钱，他娶了一个漂亮的姑娘。

他俩在巴黎住着，和富裕的中产阶级一样，只在同阶级的交际场中来往，并不在上流社会混。他俩认识了一位有希望当上部长的国会议员，并且和两位师长做了朋友，他们感到非常得意。

那种从萨克勒门出世初期就已经走进他脑子里的思想，更加和他难分难离了。由于无权在礼服上佩戴一条彩色的勋表丝带，他一直感到痛苦。

名师指津

自己一直渴望得到的东西难以得到，却又看到那么多的人都能够得到，这使萨克勒门对勋章的渴求更加迫切了。

在城基大街上遇到那些戴了勋章的人，他的心就会受到一种打击。他怀着强烈的嫉妒心斜眼瞧着他们，偶尔到了午后闲着的时候，他便一个个地数着，自言自语道："从马德来因礼拜堂走到德罗特街，我看看能遇见多少佩勋章的。"

他在街上慢慢走着，利用自己那副惯于从远处辨认那种小小红点儿的眼光，去考察人家的衣服，等到散步完了的时候，他总是对总数之多感到无比惊讶："八个荣誉军官长，十七个荣誉军骑士。竟有这么多！用一种这样的方式滥发十字勋章真是糊涂。我们看看走回去的时候是不是可以找到同样的数目。”于是他转身慢慢地往回走，来往的行人很多，非常拥挤，他真怕这会妨碍他的调查。

他知道那些最容易遇见佩戴勋章的人的区域，他们都集中于旧王宫。在歌剧院大街看见的不及在和平街看见的多，在大街右边看见的比在左边看见的多。仿佛他们也常在某几个咖啡馆、某几个戏院出入。每次萨克勒门看见成群的白发先生站在人行道当中妨碍交通的时候，他心里就会说：“这都是一群军官级荣誉勋位获得者！”他简直想向他们脱帽致敬了。

长官们——他常常注意他们——有一种和骑士们不同的神气。他们的气派与众不同，旁人觉得他们具有一种更高尚的庄严，一种更崇高的威望。

咬文嚼字

神气：①神情。②精神饱满。③自以为优越而得意或傲慢。

偶尔，萨克勒门也怒从心生，愤然反对那些得了勋章的人。后来他对他们产生了一种社会党人才会有的憎恨。他如同一个挨饿的穷人经过了大饭店前面而生气一样，因为遇到那么多的勋章而气坏了，于是回到家里就高声叫嚷道：“究竟到哪一天，才可以有人替我们扫除这恶浊的政府？”他的妻子吃惊了，便问他：“你今天怎么啦？”

他回答："我到处都能看到不公道的事，很生气。哈！巴黎公社党人当初做得真对！"

晚饭以后，他又上街了，考察了那些制造勋章的铺子。他仔细看过了所有的图案和不同的颜色，真想一起占有过来，然后在举行公共典礼时，在一个满是宾客和惊奇者的大礼堂里，挺着胸脯，挂着无数光辉闪烁的勋章，胳膊下夹着一顶大礼帽，领着一队人，在一片赞美声中走过，自己简直就是一颗光彩夺目的明星。

名师指津

萨克勒门一面指责政府滥发勋章，一面却又想象着毫无建树的自己胸前挂满勋章在众人面前炫耀的样子，可见他并没有什么原则，一切以自己的需求为标准，是一个十分虚荣的人。

他没有，真糟糕！他没有任何名义可以接受任何勋章。他想着："一个从没担任过公共职务的人想要搞一个荣誉军勋章确实过于困难。倘若我设法为自己去搞一个科学研究院官长勋章呢？"

但是他不知如何着手，于是便和妻子商量。她说："科学研究院官长勋章？为了这东西，你曾经做过什么事？"

他气极了："听明白我的话，我正在想应该去做些什么，你有时候真笨。"

她微笑道："对呀，你说的真有道理。但是我不知道，我……"

他突然有了一个念头："倘若你和众议员罗士阑先生谈谈这件事，他大概可以给我出个好主意。你懂得我几乎

不敢直接和他谈这问题。那太微妙、太困难，若是由你开口，那就很自然了。”

咬文嚼字

微妙：深奥玄妙，难以捉摸。

萨克勒门太太照他的要求做了。罗士阑答应去找部长谈谈。萨克勒门再三催促。终于，这位众议员回答他说，应该先提交一个申请，并且列举他的资历。

他的资历吗？问题来了。他连中等教育毕业的资历都没有。

然而他却用起功来，预备编一本名叫《人民受教育的权利》的小书。因为思想贫乏，他没能编成。

他找了好些比较容易的主题，并且接连着手了好几个：最初的是《儿童的直观教育》。他主张应当在贫民区域里专为儿童设立一些不收费的戏院样的场所。从很小的年龄，父母就领他们进去看，院里利用幻灯使他们获得大体的人生常识。这可以算是真正的学校。视觉是可以教育头脑的，图画是可以刻画在记忆里的，这样就使科学都成为看得见的了。教授世界史、地理、自然科学、植物学、动物学、生理学等，哪儿还有比这更简单的方法？

名师指津

萨克勒门这个想法固然是有益于贫困儿童的启蒙教育的，但并没有从实际出发，没有考虑当时法国的社会情况。由此我们也明白了一个道理：凡事都要从实际出发，不可闭门造车，否则将难以获得成功。

他把这册子印好了，每个众议员，他各赠一本；每个部长，各赠十本；法国总统，赠五十本；巴黎的报馆，每家赠十本；巴黎以外的报馆，每家赠五本。

然后他又研究“街头图书馆”的问题，主张国家置办

许多和卖橘子所用的一样的小车，装满书籍，派人在街上来回推动。每个居民，每月可以有租阅十本书的权利，并交一个铜元的租金。

他说："人民只为寻欢作乐才肯走动。他们既然不肯主动去接受教育，那么就应当让教育来找他们……"

然而这些论文在各方面并没有产生任何影响，但他还是提交了他的申请。他得到的答复是申请已被记下来，正在研究之中。他深信自己肯定会取得成功，一心等候着，却仍旧什么也没有等来。

于是他决定亲自奔走。他要求谒见教育部长谈一次话，然而接见他的却是一位很年轻而举止庄重的机要秘书，这位秘书如同弹钢琴一样，按着一组白色电铃钮儿不住手地传召收发、勤杂人员，甚至科员之类。秘书对他说，他的事情进展得很顺利，他应该继续做这种值得重视的工作。

咬文嚼字

谒(yè)见：进见（地位或辈分高的人）。

英语学习馆

重点词语： 歌剧：opera [ˈɒprə]；妻子：wife [waɪf]；赞美：praise [preɪz]

相关词组： 歌剧院：opera house；医生的太太：the doctor's wife；值得赞扬：deserve praise

萨克勒门先生于是重新从事著述了。

现在，众议员罗士阑好像很关心他的成绩了，乃至于常常给他许多高明而实用的意见。罗士阑是一个有勋章的人，不过大家不知道由于什么原因这种特别荣誉会落在他的身上。

他指点萨克勒门研究一些新问题，介绍他到好些专门学

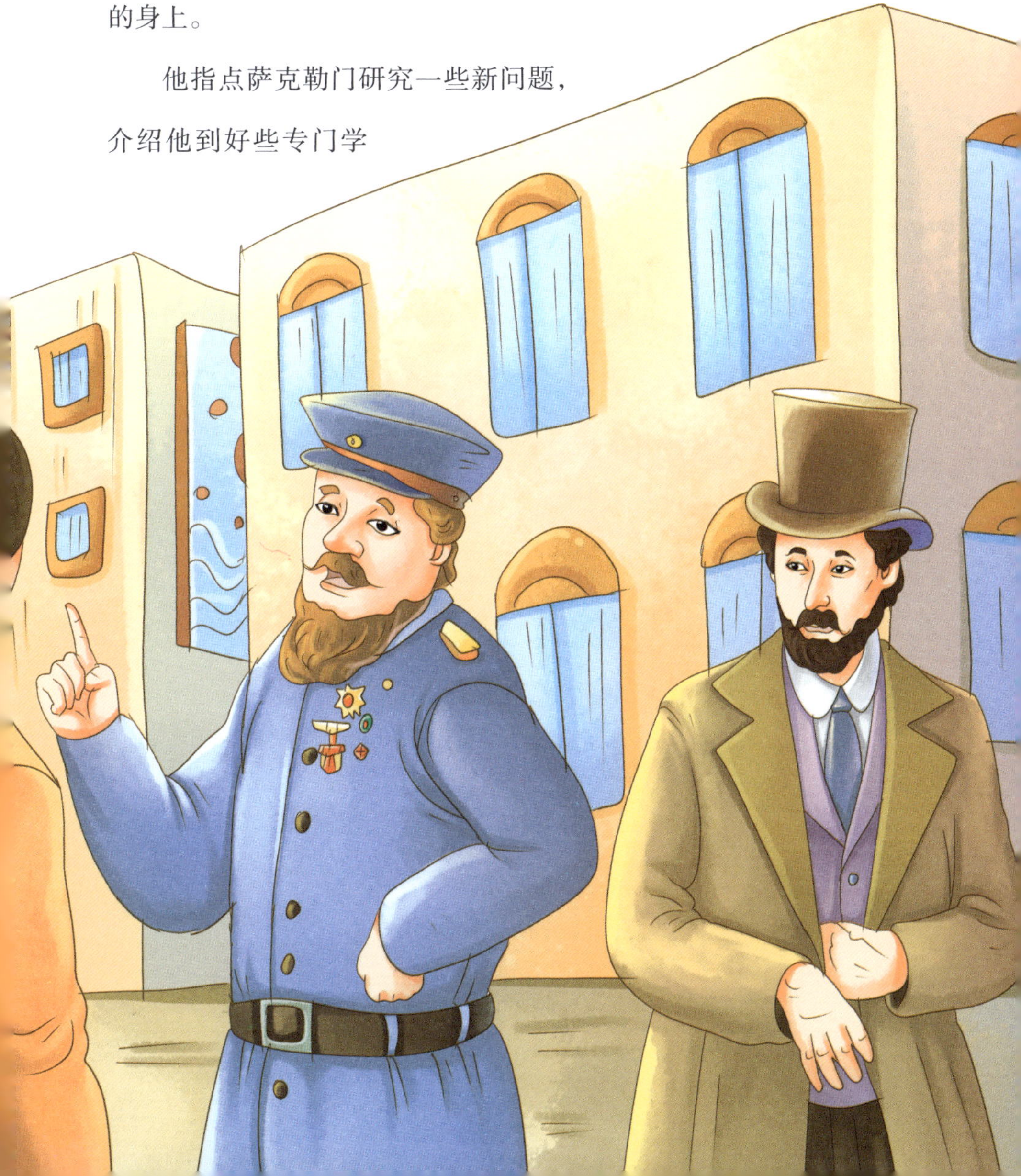

会，会里专注的是种种特别深奥的科学问题，目的正是为了赢得荣誉。罗士阑甚至向内阁保举了他。

有一天，罗士阑到朋友萨克勒门家中吃午饭（几个月以来，他常在这个人家吃饭），他握着朋友的手低声说："我刚才得知一个与您有关的大喜讯。历史工作委员会有件事情委托您，就是要到法国各地的图书馆去搜寻资料。"

高兴坏了的萨克勒门因此连吃饭都没有心思了。八天之后，他便出发了。他从这个城市走到那个城市，查考书目，搜寻好些堆着满是灰尘的旧书的阁楼，招致了图书馆管理员们的憎恨。

某天晚上在卢昂，他想回去拥抱一下妻子，他已有一个星期没看见她了。于是他搭了晚上九点钟的火车，半夜就到家了。他带着大门钥匙，轻轻开了门进去，想到能给妻子一个惊喜，他心里感到十分得意。岂知她的房门却锁着，真可疑！于是他隔着门喊道："娴恩，我回来了！"

她大概吃了一惊，因为他听见她从床上跳下来，并且如同呓语一样自言自语。随后她跑过去，开了梳妆室的门立刻又关起来，赤着脚在房里奔走了好几个来回，家具上的玻璃都震得响动了。末了她才问："是你，亚历山大？"

咬文嚼字

呓(yì)语：梦话。

他回答道："是呀，是我呀，快开门吧！"

房门开了，他妻子马上扑进他的怀里，同时喃喃地说："呵！真吓人！真吓坏我了！真吓坏我了！"

于是他着手宽衣了，按部就班地，如同往日一样。他从椅子上拿起了那件一直挂在暗廊里的外套，忽然，他发呆了。那外套的纽孔上系了一条红色的小小丝带，勋章！

他结巴地说："这……这……这外套系了勋章！"

于是他妻子突然向他一扑，并且从他的手里抢着那件外套，说："不是……你弄错了……把它给我……"

他抓住一只外套袖子不肯放手，带着发痴的神气重复地问："嗯？为什么？对我说！这是谁的外套？这绝不是我的，因为它挂着荣誉勋章！"

她惊慌失措，拼命和他抢夺，吞吞吐吐地说："听我说……听我说……把它给我……我不能对你说……这是一

名师指津

萨克勒门在家中发现了不属于自己的外套，而妻子又是那么举止失措。面对这种情况，萨克勒门会怎样处理，妻子又会怎样应对呢？此处的悬念，将引出整篇文章的高潮。

重点词语：钢琴：piano [pi'ænəʊ]；工作：job [dʒɒb]；
图书馆：library ['laɪbrəri]

相关词组：钢琴曲：piano music；调动工作：change job；
公共图书馆：a public library

英语学习馆

个秘密……听我说……”

他勃然大怒，满脸发青地说：“我要查明这件外套为什么会在这儿，这并不是我的。”

她向他嚷着：“谁说不是，闭嘴，你对我发誓……听我说……你已经得到勋章了！”

他激动得厉害，以至于放弃了那件外套，并且倒在了一把围椅上。他说：“我得到……你说……我得到勋章了！”

“是的……这是一个秘密，一个大秘密！”她把那件光荣的衣服锁到一个衣柜里，接着面无人色、浑身发抖地走到她丈夫跟前，继续说：“是的，这是我给你做的一件新外套，但是我发过誓不对你说，要到一个月或者一个半月之后才正式公布，要等你的任务结束，到你回来时才应当知道，是罗士阑先生替你搞来的……”

咬文嚼字

面无人色：脸上没有血色，形容极端恐惧。

萨克勒门衰弱得没有气力了，结结巴巴地说：“罗士阑……得到勋章……他使我得到勋章……我……他……哈！……”他不得不喝下一杯凉水来镇静一下。

一张白色纸片躺在地上，那是从那外套口袋里掉下的。他拾起了它。原来是一张名片，印着“众议员罗士阑”几个字。

他妻子说："你瞧清楚了吧！"

他欢喜得掉眼泪了！

八天之后，《政府公报》载着：由于特别任务的功绩，萨克勒门被授予荣誉军骑士勋章。

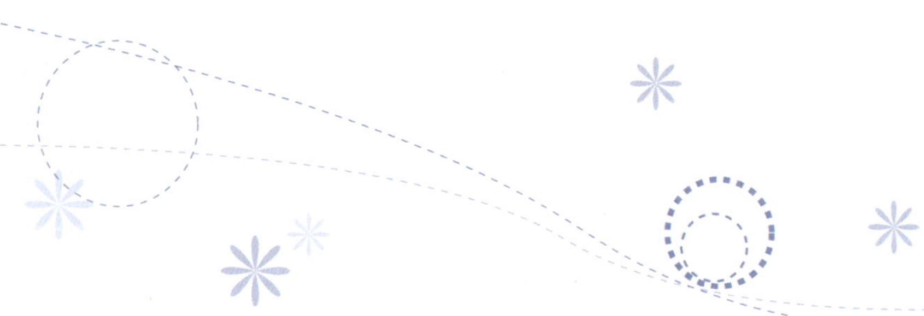

拓展阅读

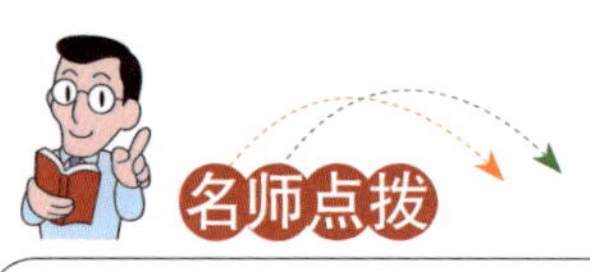

萨克勒门为了获得勋章四处奔走，八方忙碌，还让妻子去和众议员罗士阑接触。最后，他终于得到了勋章，然而讽刺的是，他的勋章并非来自于他的努力，而是因为妻子和罗士阑私通，罗士阑给他的一点“补偿”。为了一个没有任何实际意义、只能装点门面的勋章，萨克勒门将自己原本幸福的婚姻赔了进去。作者通过这个故事，辛辣地讽刺了当时法国社会的那种虚荣浮华、奢侈腐化的社会风气。

比拟：把一个事物当作另外一个事物来描述、说明，一般有将人比作物、将物比作人或将甲物化为乙物等几种方式。运用这种辞格能起到特有的修辞效果：或增添特有的情味，或把事物写得神形毕现、栩栩如生，抒发爱憎分明的感情。如本文中萨克勒门想象着自己胸前挂着勋章在众人面前炫耀，“在一片赞美声中，自己简直就是一颗光彩夺目的明星”，这样叙述，更加体现了在萨克勒门心中勋章的分量和勋章所代表的荣耀是多么至高无上。

用对话的方式引出人物：成功的对话，对展示人物身份、神态、情感及内心世界，揭示人物的思想品质，均起到非常重要的作用。如本文中用萨克勒门的话，引出了罗士阑这个人物。从萨克勒门的话中，我们可以看出罗士阑的身份之高、权力之大。如此一来，也就不需要作者再花费大量笔墨去铺排。

写作借鉴

好词

扬扬自得　自言自语　怒从心起　微妙　贫乏　高明　深奥　按部就班　结结巴巴

好句

· 他就像其他的孩子们那样戴着一顶军帽，挂着好些锌质的荣誉军十字勋章，并且在街道上，扬扬自得地把手交给他母亲牵着，同时挺起他那个被红带子和金属的星形牌子所装饰的小小胸脯。

· 他们的气派与众不同，旁人觉得他们具有一种更高尚的庄严，一种更崇高的威望。

· 他如同一个挨饿的穷人经过了大饭店前面而生气一样，因为遇到那么多的勋章而气坏了。

· 他从这个城市走到那个城市，查考书目，搜寻好些堆着满是灰尘的旧书的阁楼，招致了图书馆管理员们的憎恨。

骑马

海克多尔出自一个没落的贵族家庭，他没有什么出众的能力，只好在海军部当个办事员，拿着微薄的薪水，供一家四口勉强度日。这天，因为一项额外的工作，他得到了一笔奖金。经过商量，一家人决定去野餐。除了家人乘坐的马车，海克多尔还给自己租了一匹马来骑。他的骑术怎么样呢？是否如他自己所说的那么高超呢？在这一次野餐中，他们一家人又将遇到哪些事情呢？带着这些问题，我们来阅读这篇小说吧！

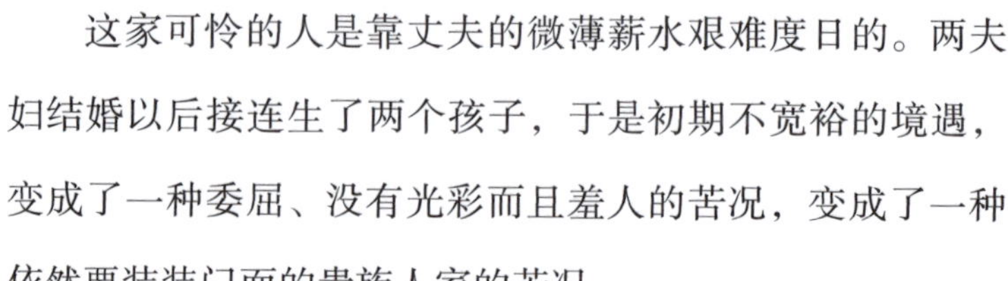

这家可怜的人是靠丈夫的微薄薪水艰难度日的。两夫妇结婚以后接连生了两个孩子，于是初期不宽裕的境遇，变成了一种委屈、没有光彩而且羞人的苦况，变成了一种依然要装装门面的贵族人家的苦况。

海克多尔·德·格力白林是个住在外省的贵族的子孙，

在他父亲的庄园里长大，教育他的是个老年的教士。他们并不是有钱人，只是维持着种种伪装的外表苟且偷生而已。

在他二十岁那年，有人替他在海军部谋到了一个职位，名义是办事员，年俸是一千五百金法郎。他从此在这座礁(jiāo)石上搁浅了。世上有许多没有趁早就预备在人生里苦斗的人，他们一直在云雾中观察人生，不仅自己没有什么方法和应付力量，从小也没有得到机会去发展自身的特别才干，或个别性能，或一种可供斗争之用的坚定毅力，所以他们手里简直没有一件武器或一件工具，格力白林就是这样一种人。部里最初三年的工作，在他看来都是十分恐怖的。

咬文嚼字

搁浅：①（船只）进入水浅的地方，不能行驶。②比喻事情遭到阻碍，不能进行。

他曾经访到了几个世交，都是思想落伍而且景况也不如意的老头子，都住在巴黎市区里的那些贵族街道上。在圣日耳曼区的凄凉的街道上，他也结识了一大群熟人。那些贫穷的贵族与现代生活是隔绝的，自卑而又骄傲。他们都住在那些毫无生气的高楼上，从底层到高层的住户都有贵族头衔，不过从第二层到第七层，似乎都不大有钱。

种种无穷尽的偏见、等级上的固执及保持身份的顾虑，始终缠绕着这些在往日有过光彩而现在因为游手好闲以致颓败的人家。海克多尔·德·格力白林遇见了一个像他一样贫穷的贵族女子，于是娶了她。在四年之间，他们生了两个孩子。

名师指津

通过这段叙述，我们应该从中学到一个道理：若只知固守往日的辉煌，而不知锐意进取，最终将会被时代的洪流淘汰。

又过了四年，这个被困苦所束缚的家庭，除了星期日

在香榭丽舍大街一带散步，以及利用同事们送的免费票子每年冬天到戏院里看一两回戏以外，再也没有其他散心的事情。

但是在今年春初，科长交给了这个职员一件额外的工作，最后他领到了一笔三百金法郎的特别奖金。他带着这笔奖金回来对他妻子说："亲爱的杭丽艾德，我们现在应当享受点儿，譬如带着孩子们好好儿地玩一回。"

经过一番长久的讨论以后，最终大家决定到近郊去吃午餐。

咬文嚼字

近郊：离城区较近的郊区。

"说句实在话，"海克多尔高声喊起来，"反正就这么一次，我们去租一辆英国式的小马车，给你和孩子们以及女用人坐，我呢，到马房里租一匹马来骑。这于我一定是有益处的。"此后在整个星期中，他们谈话的内容完全是这个确定了计划的近郊游览。

每天傍晚从办公室回来，海克多尔总让他的大儿子骑在自己的腿上，并且让他使尽气力跳起来，同时对他说："这就是下星期日，爸爸在散步时骑马的样子。"于是这顽皮孩子整天骑在椅子上面，拖着椅子在客厅里面兜圈子，同时嘴里喊着："这是爸爸骑马呢。"

那个女用人想起先生会骑马陪着车子走，总用一种赞叹的眼光瞧着他。在每次吃饭的时候，她总是静听先生谈论骑马的方法，叙述他以前在他父亲面前的种种成绩。哈！

他以前受过很好的训练，所以骑到牲口身上，他一点儿也不害怕，真的一点儿也不害怕！

他擦着手掌反复地对他妻子说：“倘若他们可以给我一匹有点儿脾气的牲口，我就高兴了。你可以看见我怎样骑上去，并且，倘若你愿意，我们从森林公园回来的时候，可以绕路从香榭丽舍大街回家，那样我们真可以挣足面子。倘若遇见部里的人，我一定不会丢脸。单凭这一点就足够让长官重视我了。”

名师指津

在和家人享受欢乐时光之余，海克多尔仍想着趁此机会显摆一下，而且最好让同事见识一下自己的威风。由此可见，他是个非常爱慕虚荣的人。

到了计划好的那一天，车子和马同时到了他的门外。他立刻下楼去检查他的坐骑。他早已让人在自己的裤脚口上钉了一副可以绊在鞋底上的皮条，这时候，他又扬起了昨天买的那根鞭子。

他把这牲口的四条腿一条一条地托起来，摸了一遍，又按过它的脖子、肋骨和膝弯，再用指头验了它的腰，扳开了它的嘴，数过了它的牙齿，说出了它的年龄。末了，全家都已经下了楼，他趁此把马类的通性和这匹马的特性，进行了一次理论与实际兼顾的小演讲，根据他的认识这匹马是最好的。

等大家都坐上了车子，他才又去检查马身上的鞍辔。随后，他踏到一只马镫上立了起来，跨到牲口身上坐了下来。这时，那牲口开始驮着他乱跳，几乎掀翻了它的骑士。

咬文嚼字

马镫(dèng)：挂在马鞍子两旁供骑马人踏脚的东西。

慌张的海克多尔极力稳住它，说道：“慢点儿，朋友，慢点儿。”

随后，坐骑恢复了它的常态，骑士也挺起了他的腰杆儿，他问道：“大家都妥当了？”

名师指津

大家的关注使得海克多尔的表现欲更强烈，他不断变化着骑马的花样。但是“脸色发白”，似乎又暗示了他骑起马来并不是很轻松。

全体齐声回答道：“妥当了。”

于是他下了命令：“上路！”

于是坐车和骑马的人都出发了。

所有的视线都集中在他的身上。他用英国人的骑马姿态叫牲口“大走”起来，同时又过分地把自己的身子一起

一落。他刚落到鞍上，又立刻像要升到天空似的向空中冲起。他时常俯着身子像是预备去扑马鬃，并且双眼向前直视，脸色发白，牙关紧咬。

他的妻子将一个孩子搁在膝头上，女用人抱着另外一个，她们不住地重复说：“你们看爸爸呀，你们看爸爸呀。”

那两个孩子被爸爸快活的动作以及新鲜的空气感染，都用尖锐的声音叫起来。那匹马受了这阵声音的惊吓，结果“大走”变成了“大颠”，末了，骑士在极力勒住它的时候，他的帽子滚到了地上。赶车的人只得跳下车去拾，海克多尔接了帽子，远远地向他的妻子说：“你别让孩子们这样乱叫吧，这会弄得我的马狂奔的！”

他们在韦西奈特的树林子里的草地上，用那些装在盒子里的食品做午餐。

尽管有赶车的照料着那三匹牲口，海克多尔还是不时站起来去看他骑的那匹牲口是不是缺点儿什么，同时拍着它的脖子又给它吃了点儿面包、好些甜点心和一点儿糖。

他喊道：“这匹马性子很烈。它开始固然掀了我几下子，但是你们也看见了，我很快就平静下来了。它承认了它的主人，现在它不会再乱跳了。”

咬文嚼字

固然：①表示承认某个事实，引起下文转折。②表示承认甲事实，也不否认乙事实。

他们按照预定的计划，绕道从香榭丽舍大街回家。

那条宽敞的大道上，车子多得像是蚂蚁。在两边散步的人也多得像两条自动展开的黑带子，从凯旋门一直延伸到协和广场。日光照耀着一切，使车身上的漆、车门上的铜挽手和鞍辔上的钢件都反射出亮光。一阵运动的快乐，一阵生活上的愉悦，像是鼓动了海克多尔一行人的车马。那座方尖碑远远地竖立在金色的霞光当中。海克多尔骑的那匹马自从穿过了凯旋门，就陡然受到一种新的热情劲儿的支配，撒开了大步，在路上那些车辆的缝儿里斜着穿过去，向自己的前方直奔，尽管它的骑士想尽办法让它安静，但是毫无用处。

那辆马车现在是远远地落在后面了。那匹马走到了实业部大厦跟前，望见了那点儿空地就向右一转并且“大颠”起来。

一个身系围裙的老妇人，用一种安安稳稳的步伐在街面上横穿过去，她刚好挡住了这个乘风而来的海克多尔的路线。他没有力量勒住他的牲口，只得拼命地叫道：“喂！喂！那边！”

名师指津

狂奔的马和马背上疯狂叫嚷的海克多尔与慢悠悠的老妇人形成了鲜明的对比，这一段描写，令读者不由自主地在脑海中描绘画面，极大地增强了作品的观赏性。

那个老妇人也许是一个聋人，因为她仍然安安稳稳地继续她的行程，直到撞上了那匹像火车头一般飞奔过来的牲口胸前，她才滚到十步之外，裙子迎风飞舞，一连翻了三个筋斗。许多声音一齐嚷道：“抓住他！”

张皇失措的海克多尔一面抓住马鬃一面高声喊道：“救命！”

英语学习馆

重点词语： 结婚：marriage [ˈmærɪdʒ]；公园：park [pɑːk]；
开始：start [stɑːt]

相关词组： 婚姻介绍所：marriage bureau；
公园的长凳：a park bench；
起点：starting point

一股惊人的震动力量，使得他像一粒子弹似的从那匹奔马的耳朵上面滑下来，倒在了一个刚刚扑到他跟前的警士的怀里。

顷刻之间，一大群怒气冲天的人，指手画脚，乱喊乱叫，团团围住了他。尤其是一个老先生，一个身佩圆形大勋章的大白胡子，显得怒不可遏。他不住地说："真可恨，一个人既然这样笨手笨脚就应该待在家里。不会骑马就别跑到街上来害人。"

咬文嚼字

笨手笨脚：形容动作不灵活或手脚不灵巧。

巡（xún）警：①执行巡逻任务的警察，主要负责维持治安。②旧时指警察。

四个汉子抬着那个老妇人过来了。她像是死了一样，脸上没有血色，帽子歪着顶在头上，全身都是灰尘。"请各位把这妇人送到一家药房里，"那个老先生吩咐，"我们到本区的公安局里去。"

海克多尔由两个警士陪着，另外一个警士牵着他的马，一群人跟在后面。那辆载着海克多尔一家的英国式马车终于出现了。他的妻子连忙奔过来，女用人不知道如何是好，两个孩子齐声叫喊。他向家人说自己正预备回家时，却撞倒了一个老妇人，这算不了什么。他那一家吓坏了的人连忙离开了。

到了区公安局，没费什么事儿就把事情说清楚了，他报了自己的姓名，海克多尔·德·格力白林，海军部职员，随后，大家专心等受伤者的消息。一个派去探听消息的巡警回来了，说老妇人已经醒过来了，但是她说内脏异常疼痛。

那是一个做粗工的女用人，年纪六十五岁，名叫西蒙大妈。

听说她没有死，海克多尔恢复了希望，并且答应负担她的治疗费用。随后他连忙跑到那药房里去了。

乱哄哄的一大堆人围在药房门口，那个老太婆躺在一把围椅上不住地哼着，两手一动不动，脸上呆呆地毫无表情。两个医生还在那里替她检查。她的四肢没有一点儿损坏，但是有人怀疑她内部受伤。

海克多尔对她说："您很难受吗？"

"唉！对呀。"

"哪儿难受？"

"我肚子里简直像有团火在烧。"

名师指津

老妇人的话运用了比喻、夸张的修辞手法，为了描述自己的伤情有多么严重。

一个医生走过来："先生，您就是闹出这个乱子的人吗？"

"是的，先生。"

"应该把这妇人送到疗养院里去，我知道一家，那里的费用是每天六个金法郎。您愿意让我去办吗？"

海克多尔高兴极了，他谢过这个医生后回到家里，心里松了一口气。

他妻子哭着在等候他，他劝她不要着急："这没什么要紧的，那个西蒙大妈已经好些了，三天之后就可以痊愈，我送她到一家疗养院里去了，这没什么。没什么要紧的！"

第二天，他从办公室里下班出来，就去探听西蒙大妈的消息。他看见她正用一种满足的表情吃着一份肉汤。"怎

么样了？”他问。

她回答：“唉，可怜的先生，还是老样子。我觉得没什么希望了，并没有一点儿好转。”

那位医生说应该等等，因为伤情可能突然恶化。他等了三天，随后又去看。那老妇人面色光鲜，目光明亮，但一看见他就哼起来。

“我一下都不能动，可怜的先生，我不能动了。要这样一直到我死的那天。”

海克多尔的脊梁上起了一阵寒意。他请教医生，那医生伸起两只胳膊对他说：“您有什么办法，先生，我也不知道怎么回事。我们试着抱她起来，她就直叫。就是叫她换一换椅子的位置，也没有法子制止她悲惨地乱叫。我应该相信她对我说的话，先生，我总不能钻到她肚子里面去看吧。所以在我没看见她下地走动之前，我没有权利假定她在说谎。”

那老妇人一动不动地听着，两只眼睛露出狡猾的光。

八天过去了，随后又是半个月，一个月。西蒙大妈始

英语学习馆

重点词语：医生：doctor ['dɒktə(r)]；死：die [daɪ]；

权力：power ['paʊə(r)]

相关词组：军医：army doctor；

暴死：die in one’s boots；权力基础：power base

终没有离开她的围椅。她从早吃到晚，慢慢地变胖了。她快乐地和其他的病人谈天，好像这就是从她五十年来的上楼、下楼、铺床，从地下向高楼上运煤、扫地和洗衣等工作中挣得的休息。

海克多尔摸不着头脑了，每天来看她，他都觉得她是安稳、恬静的，可她还是向他嚷道："我再也不能动了，可怜的先生，我再也不能动了。"

咬文嚼字

恬(tián)静：安静；宁静。

每天傍晚，那位忧心如焚的格力白林夫人总问他："西蒙大妈怎么样了？"

每次，他总垂头丧气地回答："一点儿也没变化，绝对一点儿也没有！"

他们辞退了家里的女用人，因为她的工钱成了极重的负担。他们还格外节省费用，那笔特别奖金完全耗掉了。

名师指津

原本就窘迫的生活，因为海克多尔的逞能、虚荣，如今更是雪上加霜，西蒙大妈恐怕已经成为他们终生都难以摆脱的噩梦。

海克多尔约了四位名医替这个老妇人会诊。她一面听凭他们诊察、摸索、把脉，一面用一副狡猾的眼光瞧着他们。

"应该让她走几步。"有一个医生说。

她大喊起来："我不能走啊，我的好先生们，我不能走啊！"

于是他们握着她的手，托起她，牵着她走了几步，但是她从他们的手里滑下来，倒在地板上乱喊，声音非常可怕。他们只好异常小心地把她抬到原来的座位上。他们发表了一个谨慎的意见，但还是断定她是无法工作的。

读书笔记

海克多尔把这个消息告诉他妻子的时候，她不由自主地倒在一把椅子上，结结巴巴地说："不如把她养在这里，这样我们可以少花点儿钱。"

他跳了起来："养在这儿，养在我们家里，你居然这样想？"

她含着两眶眼泪回答道："难道你有什么办法？朋友，这不是我的错！……"

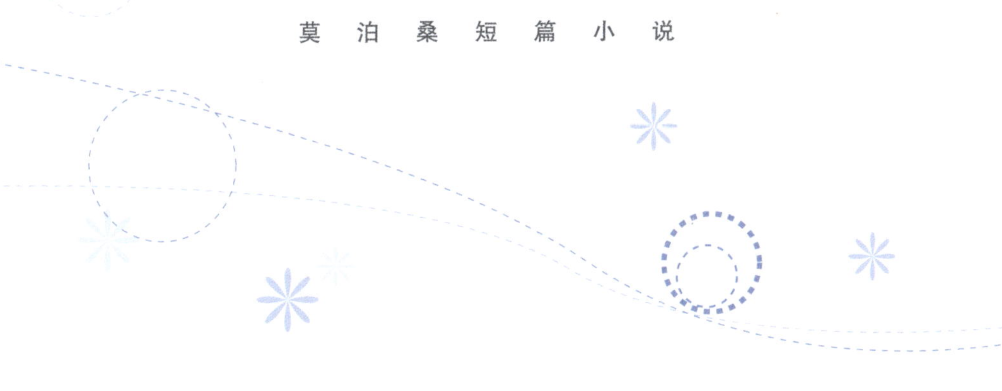

拓展阅读

名师点拨

海克多尔一家外出郊游，原本是一件舒心惬意的事，也是一次难得的调剂生活的机会，然而，因为海克多尔的虚荣，骑术不精却硬要骑马出风头，撞伤了一个老妇人，又被老妇人赖上，从此摊上了甩不掉的包袱，使得本就拮据的生活更加雪上加霜。这个故事和我们前面所欣赏的《项链》有异曲同工之妙，都让我们明白了虚荣心对我们的前途是极其有害的；同时，这篇小说还告诉我们，不管做什么事，都要从自己的实际情况出发，量力而行。

学习要点

神态描写：人物的神态就是人物的神情姿态，主要通过人物面部的表情变化显露出来，描写时使用表示表情、神态的词语，可以完善人物性格，增强感情色彩。如本文中“那老妇人一动不动地听着，两只眼睛露出狡猾的目光。”通过对老妇人的神态进行描写，令人联想到老妇人此刻身体的真实情况和心中的真实想法，也让人彻底了解了老妇人的本性。

反问：也叫激问、反诘、诘问，是用疑问的形式表达确定的意思，以加重语气的一种修辞手法。反问只问不答，答案暗含在反问句中。人们可以从反问句中领会到表达者的真意。如在文章的结尾，妻子问海克多尔“难道你有什么办法”，意思就是除了她所说的办法，已经没有别的解决方式，这个反问句，更加深刻地体现出了夫妻俩面对这个难题已经束手无策。

写作借鉴

好词

苟且偷生　坚定　游手好闲　颓败　陡然　乘风而来　怒气冲天　指手画脚　怒不可遏

好句

· 世上有许多没有趁早就预备在人生里苦斗的人，他们一直在云雾中观察人生，不仅自己没有什么方法和应付力量，从小也没有得到机会去发展自身的特别才干，或个别性能，或一种可供斗争之用的坚定毅力，所以他们手里简直没有一件武器或一件工具，格力白林就是这样一种人。

· 那条宽敞的大道上，车子多得像是蚂蚁。在两边散步的人也多得像两条自动展开的黑带子，从凯旋门一直延伸到协和广场。

· 日光照耀着一切，使车身上的漆、车门上的铜挽手和鞍辔上的钢件都反射出亮光。

· 那个老妇人也许是一个聋人，因为她仍然安安稳稳地继续她的行程，直到撞上了那匹像火车头一般飞奔过来的牲口胸前，她才滚到十步之外，裙子迎风飞舞，一连翻了三个筋斗。

知识链接

普法战争

概述

普法战争是1870—1871年普鲁士同法国之间为争夺欧洲大陆霸权以及解决德意志统一问题而发生的战争。1870年7月，普鲁士首相俾斯麦发出挑衅，触怒法国政府，法国遂对普宣战。然而，战争开始后，法国却接连败北。1870年9月2日，法国皇帝拿破仑三世在色当向普鲁士投降。4日，巴黎爆发革命，成立法兰西第三共和国。但普军没有停止进攻，并将巴黎包围。次年1月底，巴黎沦陷，两国签订停战协定。5月，双方在法兰克福签署正式和约。这次战争使普鲁士完成德意志统一，而法国在欧洲大陆的霸权地位就此终结。

战争起因

1866 年，普鲁士在普奥战争中取得胜利，在德意志联邦中居于领导地位，打乱了欧洲大陆均衡的态势。法国当局意识到普鲁士将对其霸主地位构成威胁，要求将德意志部分领土并入法国，被普鲁士首相俾斯麦断然拒绝。其后，俾斯麦借法国插手西班牙王位继承问题一事，对法国发起挑衅。法国舆论界震怒，拿破仑三世对普宣战。

战争影响

法国

1. 导致法兰西第二帝国的垮台，法兰西第三共和国成立。

2. 直接促使巴黎无产阶级加强斗争，并取得了世界历史上无产阶级革命的第一次胜利，建立了人类历史上第一个无产阶级政权——巴黎公社。

3. 使法国第二次工业革命进展缓慢，在进入帝国主义阶段后，法国工业革命和经济发展进程明显落后于美国、德国、英国。

4. 法国的欧洲霸权衰落。

5. 使法国的对外政策发生变化，开始调整与其他欧洲国家的关系，寻求盟国共同对付德国。

德国

1. 完成统一。

2. 法国的战争赔款和割让的土地，加快了德国第二次工业革命的进程和经济发展。

3. 德国欧洲霸权地位上升。

4. 使德国的外交政策发生新的变化，开始推行孤立法国，防止欧洲大国与法国结盟的政策。

意大利

赶走法国势力，收回被法国占领、控制的领地，最终完成统一。

国际政治格局

普法战争打破了原本相对均衡平稳的欧洲局势，使殖民主义的力量对比发生改变，导致列强之间的矛盾加剧，促使殖民主义国家重新调整相互之间的关系。德国为了孤立法国，主动调和了与俄国和奥匈帝国的矛盾，但随着三者之间对于殖民地的争夺，三国关系逐渐恶化。其后，德国又和奥匈帝国以及意大利形成三国同盟，法国也与俄国及英国形成了三国协约。至此，欧洲两大军事集团形成，并开始疯狂地扩军备战，使帝国主义国家之间的矛盾加剧，最终导致第一次世界大战爆发。

必考点自测

一、填空题

1. 本书的作者莫泊桑是______世纪______国著名的作家。

2.《羊脂球》中，______首先接受了羊脂球的邀请，开始分食她的食物，紧接着，______也接受了羊脂球的好意，道谢后立即吃了起来。

3.《两个朋友》中，______趁着酒意提出要去钓鱼，说自己认识______，可以被放行，______立即兴奋起来，表示赞同。

4.《我的叔叔于勒》中，“我”的一家是在去往______的旅行途中，偶遇了于勒叔叔，当时他靠______维持生计。

5.《菲菲小姐》中，______杀死了“菲菲小姐”，然后躲在礼拜堂的钟楼里，______和______照顾着她。

二、选择题

1.《羊脂球》中，在开始逃难时，（　）因为不肯吃羊脂球的食物，饥饿过度而晕倒了。

A. 鸟夫人　　B. 伯爵夫人

C. 迦来·辣马东夫人　　D. 高尔奴代

2.《两个朋友》中，莫利梭和索瓦日钓到了很多（　），他们被处死后，

普鲁士军官吩咐人将这些鱼炸给他吃。

A. 鲫鱼　　B. 鲤鱼　　C. 鲈鱼　　D. 鳜鱼

3.《我的叔叔于勒》中，“我”的母亲对于勒叔叔的态度反复转变，其根本依据是于勒叔叔（　）

A. 是否有钱　　　　B. 是否改邪归正

C. 是否身体健康　　D. 是否回到法国

4.《项链》中，当玛蒂尔德说出“你那时没有看出来，是吗？那两串东西本来就很相似”之后，为什么天真地笑了？（　　）

A. 十年的艰辛生活，终于还清了债务，她心里轻松极了。

B. 十年生活虽然艰辛，但她变得粗壮耐劳，成为生活的强者。

C. 十年的艰辛终于使她明白了追求享乐、爱慕虚荣是导致不幸的原因。

D. 她赔偿的项链没有被认出，维护了自己的信用和尊严。

三、判断题

1.《羊脂球》中，大家第一次对羊脂球的态度转变是因为觉得她很善良。（　）

2.《两个朋友》中，莫利梭和索瓦日去钓鱼是因为肚子饿。（　）

3.《我的叔叔于勒》中，因为“我”的一家生活拮据，所以盼着于勒叔叔早点回来。（　）

4.《蛮子大妈》中，蛮子大妈因为不堪忍受那四个普鲁士士兵的虐待，所以杀了他们。（　）

5.《骑马》中，海克多尔并不是故意撞西蒙大妈，是因为他没有控制好马，而西蒙大妈也没有及时躲避，两者才相撞的。（　）

四、简答题

1.《羊脂球》中，羊脂球在最后为什么哭了？

2. 看完《我的叔叔于勒》这篇小说后，你有什么感想呢？

答案

一、填空题

1. 19 法

2. 鸟先生 两个修女

3. 索瓦日 杜木兰团长 莫利梭

4. 哲尔塞岛 卖牡蛎

5. 乐石儿 神父 管理祭器的职员

二、选择题

1. B　2. C　3. A　4. D

三、判断题

1. ×，众人对羊脂球的态度转变只是因为吃了她的食物，感到不好意思。

2. ×，他们是为了享受钓鱼的乐趣。

3. √。

4. ×，蛮子大妈原本与四个普鲁士士兵相处得很和睦，她是因为儿子被普鲁士军队的炮弹炸死，为了给儿子报仇，才杀死了那四个普鲁士士兵。

5. √。

四、简答题

1. 羊脂球是个自强自尊、有着强烈爱国情怀的姑娘，却被自己的同胞用各种欺骗利诱的手段强迫着顺从了普鲁士军官的无耻要求。然而，她为了同胞做出牺牲后，却又遭到他们的鄙夷和侮辱。她的满腔悲愤无处诉说，只能化作泪水，自己咽下。

2. ①我们应该自己奋斗、拼搏，去争取美好的未来，不能把希望寄托在别人身上。②我们应该重视亲情，不能用金钱来衡量亲情。③我们应该学习文中的“我”，同情弱者，富有爱心。

世界名著

基督山伯爵（上、下）
巴黎圣母院（上、下）
飘（上、下）
大卫·科波菲尔（上、下）
福尔摩斯探案选集（上、下）
钢铁是怎样炼成的（上、下）
悲惨世界（上、下）
安娜·卡列尼娜（上、下）
莎士比亚悲剧集（上、下）
莎士比亚喜剧集
欧也妮·葛朗台
红与黑
名人传
呼啸山庄
复活
雾都孤儿
傲慢与偏见
简·爱
格兰特船长的儿女
海底两万里
八十天环游地球
高老头
双城记
三个火枪手
培根随笔
假如给我三天光明
鲁滨孙漂流记
童年
我的大学
母亲
百万英镑
父与子
茶花女
昆虫记
老人与海
居里夫人
羊脂球
爱的教育
安妮日记
汤姆叔叔的小屋
海狼
罗密欧与朱丽叶
契诃夫短篇小说
欧·亨利短篇小说
莫泊桑短篇小说
地心游记
好兵帅克
希腊神话
一千零一夜
伊索寓言

外国儿童文学名著

安徒生童话
格林童话
绿野仙踪
木偶奇遇记
王子与贫儿
捣蛋鬼日记
爱丽丝漫游奇境记
小飞侠彼得·潘
吹牛大王历险记
秘密花园
柳林风声
水孩子
小鹿斑比
小王子
尼尔斯骑鹅旅行记
格列佛游记
列那狐的故事
绿山墙的安妮
汤姆·索亚历险记
青鸟
小海蒂

丛林故事
长腿叔叔
小熊维尼
王尔德童话

中国古典名著

西游记（上、下）
水浒传（上、下）
红楼梦（上、下）
三国演义（上、下）
西厢记
儒林外史
三言二拍
东周列国志
封神演义
白话聊斋

国学精粹

三字经
百家姓
弟子规
论语译注
孟子译注
庄子译注
孙子兵法
三十六计
道德经
孝经
诗经
唐诗三百首（1、2）
宋词三百首（1、2）
小学生必背古诗词 70+80（1、2）
人间词话
史记
资治通鉴
古文观止
聊斋志异
世说新语

现当代名家名作

朱自清散文选
朝花夕拾·呐喊
从百草园到三味书屋
故乡
彷徨
野草
鲁迅杂文精选
呼兰河传
繁星·春水
寄小读者
小桔灯
子夜（插图版）
阿凡提的故事
宝葫芦的秘密
大林和小林
细菌世界历险记

中外故事

中外历史故事
中外民间故事
中外神话故事
科学家的故事
中国古代寓言故事
中华成语故事
小故事大道理

学生百科

十万个为什么
学生百科全书
学生百事通
学生百事问
谚语大全
歇后语大全
名人名言
中外名著导读（初中版）
中华上下五千年故事
世界上下五千年故事